# Die Artefakte des Seins

# Band 2

Von

# Michael Kanitz

# Kapitelübersicht

Kapitel 1 Raelias Plan

Kapitel 2 Der Widerstand

Kapitel 3 Auf eigenen Wegen

Kapitel 4 Das Herz der Weltordnung

Kapitel 5 Magische Rückkehr

Kapitel 6 Das Buch von Arlec

Kapitel 7 Der Weg des Schicksals

Kapitel 8 Freie Welt

# Kapitel 1
# Raelias Plan

Laerodah erwachte von Kaffeeduft und einer leichten Brise die durch das offene Fenster hineinströmte, die frische Luft eines milden Sommermorgens.

Der Wind trug ein Gewirr von Vogelstimmen ins Zimmer, die mit ihren Liedern den Anbruch des neuen Tags begrüßten.

Diesen Moment wollte er ganz in sich aufnehmen, ohne an Aufstehen oder Arbeit oder sonst etwas zu denken, zu hektisch waren die letzten Tage gewesen, um diesen Augenblick einfach so verstreichen zu lassen; Laerodah hielt die Augen geschlossen und atmete tief ein und aus.

Er wusste genau, wenn er die Augen öffnete, würde ihn alles noch früh genug einholen:

Die Eile, die Jagd, die Wahrheit, wenn sie denn eine war... die Welt, die er zu kennen glaubte, und die mit jedem Tag dünner und zerbrechlicher wurde...

Er hörte Geräusche wie von Tellerklappern und laufendem Wasser; das musste wohl Raelia sein, die sich in der Küche zu schaffen machte.

Und für diesen einen Moment fühlte sich das an wie die normalste Sache der Welt…

Als käme sie wie selbstverständlich gleich durch die Tür, um ihn sacht zu wecken.

Wohlig streckte er sich, lauschte dem Lied der Vögel Vor dem Fenster und öffnete langsam die Augen.

Erste Lichtstrahlen drangen durchs Fenster; die Sonne musste noch ziemlich niedrig stehen.

Laerodah atmete gierig die frische Luft ein, richtete sich

auf und streckte alle Glieder weit von sich.

Just in diesem Moment betrat Raelia mit zwei Tassen, die Kaffeeduft verströmten, das Zimmer; er fragte sich, ob sie gemerkt hatte, dass er erwacht war.

„Guten Morgen", begrüßte sie ihn merkwürdig gut gelaunt und mit einer Freundlichkeit in der Stimme, die er so noch nie an ihr erlebt hatte, soweit er sich erinnern konnte.

„Ebenfalls guten Morgen", grüßte er zurück,

„du bist ja schon früh auf. Ich hoffe, du hast gut geschlafen?".

Mit diesen Worten stand er auf und ging ihr entgegen, um ihr eine der beiden Tassen abzunehmen.

„Ich kann mich nicht beklagen",

antwortete sie, „hier bitte, frisch aufgebrüht."

Laerodah war ihr für diese Kleinigkeit zutiefst dankbar, ohne das in Worte fassen zu können; er nahm die Tasse und folgte ihr ins Wohnzimmer, wo ihn ein gedeckter Tisch erwartete:

Brot und Früchte im Überfluss.

Sie nahmen Platz und aßen in aller Ruhe, als hätte es die Hektik und Angst der vergangenen Tage nicht gegeben.

Vielleicht hatte Raelia ja Recht gehabt,

und das hier war wirklich ein sicherer Zufluchtsort.

Nachdem Laerodah sich gesättigt hatte, versuchte er, ein Gespräch zu beginnen:

„Also…ich bin mir nicht sicher, wo ich anfangen soll."

Raelia sah ihn bei diesen Worten mit einer Mischung aus

Verständnis und Erwartung an, wollte anheben zu sprechen, doch er redete weiter:
„Ich habe gestern so viel erfahren, was
vorgestern noch unvorstellbar für mich gewesen ist… und jetzt begreife ich es immer noch nicht alles, obwohl ich es unbedingt begreifen möchte.
Ich weiß nicht mal, ob das stimmt, was ich gelesen habe, ob ich das alles einfach so glauben kann.
Aber es fühlt sich richtig an, mein Bauchgefühl
sagt mir, dass das die Wahrheit ist, ich kann es nicht richtig inWorte fassen… verstehst du, was ich meine?"
Nachdem er dies gesagt hatte, schien es Raelia, als hätte er gar keine Antwort von ihr erwartet.

Er starrte auf einmal aus dem Fenster und schien in Gedanken unendlich weit weg zu sein.
Sie war irritiert, wusste nicht, wie sie auf seinen Ausbruch reagieren sollte.
Auf einmal schien ein Ruck Laerodah zu durchfahren;
er sammelte sich und sah Raelia fest in die Augen:
„Bitte, sag mir einfach nur: glaubst du, ich wäre ein Kind des Seins?"

Er konnte sehen, wie Raelia bei diesen Worten leicht zusammenfuhr; ihr linkes Augenlid zuckte.
Raelia war im ersten Moment über die Direktheit seiner Frage verblüfft; für einen Augenblick fehlten ihr die Worte.

Aber es half ja doch nichts, er musste es erfahren…

Sie wirkte vollkommen gefasst, als sie antwortete:

„Ja, Laerodah, das glaube ich. Aber ich habe gute Gründe dafür, denn…"

Er schnitt ihr das Wort ab, denn die Erregung begann von ihm Besitz zu ergreifen:

„Wie kannst du dir da sicher sein? Wie kommst du darauf?

Wegen ein paar Geschichten?

Es gibt nicht einen Beweis dafür, nicht einen!"

Er konnte sich nicht erklären, warum er bei diesem Thema so in Rage geriet.

War es die Angst vor der Verantwortung?

Vor dem Unbekannten?

Oder die nackte Furcht vor den Häschern, die ihn schon einmal so übel zugerichtet hatten?

Wer wäre alles hinter ihm her, wenn das stimmte?

Wäre er zu einem Leben auf der Flucht gezwungen?

Raelia sah an seinen Gesichtszügen und dem panischen Ausdruck in seinen Augen, was ihr Jugendfreund jetzt denken musste, was er befürchtete.

Sie sammelte kurz ihre Gedanken und bemühte sich bei dem, was sie sagen wollte, um einen beruhigenden Tonfall:

„Es ist eigentlich ganz einfach… weißt du, die meisten Menschen heutzutage verfolgen kein anderes Ziel als das,

den Tag unbeschadet zu überstehen. Das ist normal, das ist die menschliche Natur.
Niemand ist dazu geboren, weiter zu sehen als bis zu seinem eigenen Horizont, so etwas muss man lernen und das haben die meisten nie getan.
Sie wissen nicht um die Welt und ihre Grundfesten.
Und sie wollen es auch gar nicht wissen oder sie sind nicht imstande, zu begreifen."

„Sie hinterfragen nichts, und darum sind sie die eigentlichen Stützen der Weltordnung. Solange diese Unwissenheit den größten Teil der Bevölkerung umgibt, solange können Ereignisse, Personen, ja, kann der ganze Lauf der Geschichte mit einigen gut gestreuten Lügen eine ganz andere Wendung nehmen.

Und die, die nicht hinterfragen, werden irgendwann glauben.
Weil es so einfach ist, nicht selbst fragen und denken zu müssen."

„Und dann gibt es die, die wissen.
Die Fragen stellen und nachforschen.
Und die sind natürlich ein Dorn im Auge derer, die die Kontrolle ausüben wollen…"

„Denn… naja, also mittlerweile hast du ja wahrscheinlich schon herausgefunden, dass die Geschichte der Welt, wie sie uns allgemein erzählt und gelehrt wird, an manchen Stellen Lücken oder Widersprüche aufweist.

Diese Lücken wurden seit Langem schon im Geheimen hinterfragt.
Dieses Bild der Geschichte, das die Weltordnung aufrecht zu erhalten versucht, nennen wir das Trugbild.
Wenn man sich mit den alten Texten beschäftigt und das gesammelte Wissen konsultiert, kann man dieses Trugbild…
umgehen, wenn du so willst, also quasi die Geschichte hinter der Geschichte herausfinden.
Wir sprechen davon, sich dem Trugbild zu entziehen.
Und aus diesem Entzug durch Wissen erwächst Freiheit, nicht nur geistige, auch emotionale.
Ich zum Beispiel bin mit dem Wissen der Hüter aufgewachsen; mein Großvater hat mich unterrichtet, seit ich klein war.

Und mit diesem Wissen ausgestattet fühle ich mich nicht nur frei, ich fühle mich… ich weiß nicht, wie ich sagen soll… überlegen?
Versteh mich bitte nicht falsch.", sie rang nach Worten, „für mich gab es nie ein Trugbild, weil ich immer die andere Seite kannte. Ich fühle mich in einer Art und Weise erhaben über dieses Lügengeflecht, das so viele Menschen gefangen hält und es macht mich auf eine Weise glücklich, die ich nicht in Worte fassen kann, dass ich nicht ge-

fangen bin in ihrem Netz.

Ja, ich zahle einen hohen Preis dafür, aber mir ist es das wert!

Aber bei dir…Laerodah, bei dir ist das alles anders…"

Sie versuchte sich, zu sortieren.

Laerodah konnte sehen, wie sie um Worte rang; er wusste nicht, ob er alles so verstand, wie sie es meinte, aber er wollte sie nicht unterbrechen.

Raelia fuhr fort: „Ich meine, wir kennen uns nun schon seit einer halben Ewigkeit, und ich kenne dich wahrscheinlich besser als irgendjemand anderen.

Mir ist schon früh aufgefallen, dass du nicht so denkst wie viele andere.

Du hast schon immer die meisten Fragen gestellt, hast mehr gelesen als alle anderen; dir hat nie gereicht, was man dir erzählt hat, du wolltest es immer ganz genau wissen. Und, was für mich das Wichtigste ist: du hast immer mehr auf deinen Bauch gehört.

Sei es, wenn deine Eltern dich getadelt haben, sei es, wenn dir unsere Lehrer etwas vorgebetet haben, du bist nie danach gegangen, was dir gesagt wurde, sondern du hast schon als Kind immer so gehandelt, wie es sich für dich richtig angefühlt hat.

Schon damals wusste ich, dass ich niemals von deiner Seite weichen möchte, weil du für mich ein Kompass bist.

Dort, wo du hingehst, ist das Gute, so abwegig, wie das jetzt klingen mag, aber ich habe schon immer ganz tief drin gespürt, dass es richtig ist, deinen Ideen zu folgen, weil sie immer auf den richtigen Weg geführt haben."

Sie redete sich immer mehr in Fahrt:
„Und genau deswegen kann dich das Trugbild nicht überzeugen, weil du spürst, dass es nicht nur falsch ist, sondern einfach nicht stimmen KANN, verstehst du, wie ich das meine?"

Als Laerodah ein Nicken andeutete, fuhr Raelia fort:

„Und jetzt hat dich all das, alles,
was du gelernt, gelesen und gefühlt hast, hierher geführt...zu diesem Moment, und ich glaube, dass du gefühlt hast, dass du diesen Weg gehen musst und dass du ohne Antworten nicht stillstehen könntest, habe ich Recht?"

Laerodah schloss die Augen und ließ ihre Worte auf sich wirken.
Auch, wenn er die Sätze nicht so ganz einordnen konnte, im Grunde fühlte er, was Raelia meinte... und, ja, dass sie Recht hatte.
Er schwieg eine ganze Weile, in der er sich eine passende Antwort zurechtlegte und Raelia ihn mit wachsender Ungeduld ansah, dann sagte er:

„Wenn das stimmt und ich einer dieser... dieser Auserwählten bin, willst du damit sagen, dass ich mit diesem Sein irgendwie zusammenhänge?
Du sprichst so viel von meiner Intuition. Hat die mit dem Sein irgendetwas zu tun?"

„Nenn' es Intuition, Bauchgefühl, Vorahnung, wie auch immer.
Jedes Kind des Seins hat zur Magie, die das Sein trägt und durchfließt, eine Verbindung. Die Auserwählten sind wie...
Antennen, so könnte man es vielleicht vergleichen. Sie können Konzentrationen von Magie spüren, sie können das Sein fühlen, so hat es mein Großvater immer erklärt. Und ja, diese Intuition ist deine Verbindung, und das macht dich zu einem Auserwählten, zu einem Kind des Seins."
Raelia atmete erleichtert aus; es war, als hätte sie keine Worte mehr übrig und sich leer geredet.

Laerodah starrte am Tisch vorbei ins Leere.
Er versuchte, zu begreifen, was er da gerade gehört hatte.
Er wollte es glauben, es fühlte sich richtig an,
und wenn es stimmte, was Raelia sagte, sollte er diesem Gefühl vertrauen.
Da war aber immer noch diese Stimme in seinem Kopf, die ihn mahnte, zur Vernunft zu kommen.
Er hatte sein ganzes Leben lang gelernt, Gefühlen nicht zu

trauen und rationales Wissen anzuhäufen.

Kopf hatte vor Herz zu gehen, das war die Maxime all seiner Lehrjahre.

Und jetzt das... als hätte jemand den Boden unter seinen Füßen weggezogen.

Konnte das nicht alles ein Traum sein, aus dem er gleich wieder aufwachen würde?

Er spürte, dass es kein Traum war, aber für einen kleinen Augenblick war er versucht, sich zu kneifen, um endlich aufzuwachen...

Er rang sich dazu durch, die Situation und seine...

Seine „Bestimmung" zu akzeptieren.


Er sah auf und Raelia direkt in die Augen: „Wenn ich dich richtig verstehe und wir jetzt mal annehmen, dass das stimmt, was du sagst, dann haben wir keine Wahl.

Es gibt nur eins, was wir jetzt tun können.

Tun müssen, ohne Alternative.

Wir müssen die Artefakte, die es noch gibt, finden und das Gleichgewicht wieder herstellen,

auch wenn ich noch keine Ahnung habe, wie das gehen soll."


Raelia hörte ihm mit offenem Mund zu; Laerodah wartete auf eine Antwort, aber sie schwieg und in ihrem Gesicht regte sich kein Muskel.

Das irritierte ihn noch mehr.

Nach einem Moment, der sich wie eine Ewigkeit anfühlte,

lächelte Raelia auf einmal und flüsterte:
„Genau darauf hatte ich gehofft...", dann wurde sie lauter und bestimmter:
„Laerodah... ich will dir nichts vormachen.
Was du sagst, stimmt, es gibt keine andere Möglichkeit. Aber die Artefakte wiederzufinden, wird alles andere als einfach. Es wird sogar sehr gefährlich..."

Laerodah unterbrach sie:
„Noch gefährlicher? Wir haben doch ohnehin schon die Weltordnung im Nacken, und sie werden nicht aufhören, mich zu suchen, wenn ich wirklich eines dieser Kinder des Seins bin. Was könnte noch gefährlicher sein? So wie ich die Sache sehe, kann ich jetzt entweder für den Rest meines Lebens weglaufen, oder wir tun das einzig Richtige und kümmern uns um diese Artefakte und das Gleichgewicht."

Raelia sah ihm in die Augen, nickte bestimmt und sagte:
„Wir müssen aber außerdem noch in Erfahrung bringen, wie man neue Artefakte erschaffen kann.
Du hast die Geschichten gelesen; sie sind seit langer Zeit nicht mehr vollzählig. Selbst, wenn wir alle Artefakte hätten, die es noch gibt, könnten wir mit ihnen allein nichts ausrichten."
Sie brach ab und atmete heftig, Laerodah merkte, dass ihr die ganze Sache sehr am Herzen lag und dass die Gedanken in ihrem Kopf rasten.

Dann fuhr sie fort:

„Fakt ist: wir schaffen das nicht allein. Wirbrauchen einen Plan und wir brauchen Hilfe.

Und die bekommen wir nur von einer Seite.

Laerodah, wir müssen zur Untergrundbewegung gehen."

Laerodah sah sie nur fragend an.

Untergrund?

Es gab eine Bewegung?

Das war ihm neu, aber resignierend gestand er sich ein, dass es nur eine weitere von mittlerweile unzähligen neuen Informationen war, die seine Welt durcheinanderwirbelten.

Raelia erkannte an seinem Blick, welche Frage ihm auf der Zunge lag und erklärte:

„Die Untergrundbewegung ist der Widerstand, der die Gegner der Weltordnung sammelt und koordiniert.

Die, die wissen, haben dort Zuflucht gefunden.

Sie sind die einzigen, die in der Lage wären, uns zu helfen und ich hoffe, dass sie dazu auch bereit sind."


„Wie kommen wir dort hin? Ist das ein fester Ort, oder gibt es Informanten? Kennst du jemanden?", fragte Laerodah.

„Leider nein", gestand sie,

„es gibt ein Bunkersystem, noch aus den Großen Kriegen. Ich weiß, wie man hinkommt, aber ich war noch nie dort".

Sie redeten noch eine ganze Weile, kamen von der Untergrundbewegung zu den „alten Zeiten" ihrer Kindertage und schwelgten bald in Erinnerungen, bis die Sonne im Zenit stand und es im Raum so warm wurde, dass die beiden beschlossen, in den Garten zu gehen, der sich hinter dem Haus erstreckte, und in dem einige alte, knorrige Bäume wohltuenden Schatten spendeten.

Ein frischer Wind blies durch die Kronen und die Sträucher, die den Garten säumten, und machte die Mittagshitze erträglich.

Sie machten einen Spaziergang unter den tief herabhängenden Ästen, zwischen denen Sonnenstrahlen hindurch auf den Kiesweg fielen.

Sie unterhielten sich darüber, wie man am besten zum Versteck der Untergrundbewegung gelangen könnte, doch nachdem dies geklärt war, entstand zwischen beiden eine Stille, die sowohl Raelia als auch Laerodah mehr als angenehm empfanden.

Es war einer jener Momente, in denen alles Wichtige gesagt ist und jeder seinen eigenen Gedanken nachhängt, ohne die Gesellschaft des anderen missen zu wollen.

Laerodah war immer noch dabei, all die neuen Eindrücke und Informationen zu beantworten.

Außerdem stritten in seinem Inneren immer noch Kopf und Herz darüber, ob er das denn alles wirklich so glauben und derart zum Inhalt seines Lebens machen könnte, wie das wohl offenbar von ihm erwartet wurde.

Niemand hatte ihn gefragt, ob er diese Gabe besitzen wollte, und jetzt war er hier, ein Gefangener seiner Fähigkeiten, die er von Geburt an besaß.

Er hatte anscheinend nie eine Wahl gehabt, dämmerte es ihm, und es war nur eine Frage der Zeit, bis diese seine Bestimmung... war das das richtige Wort?
Vielleicht... seine Bestimmung zutage getreten wäre.
Und beide erlebten einen dieser Momente, in denen die Zeit stillsteht; als gäbe es keine Welt, keine Gefahr, kein Leben auf der Welt außer ihnen beiden in einem ewigen, nie vergehenden Augenblick, der sie umwogte mit vorbeiziehenden Vogelschwärmen, den Liedern in den Zweigen und einem Bild der Natur in allen Farben, die die Mittagssonne in sich aufsogen und das Auge überfüllten.
Laerodah und Raelia sagten in diesem Augenblick nichts, und ohne sich auch nur anzusehen, fühlten sie den tiefen Frieden, den ihnen dieser Moment schenkte.
Und mit diesem Frieden fühlten sie beide dieses leise Dunkel in ihren Herzen:
Vielleicht ist dieser Moment der letzte, vielleicht wird dieser Frieden nie wiederkehren...
Laerodahs Grübelei lenkte sich ohne sein Zutun in neue Bahnen.
Von den Artefakten und den Hütern flogen seine Gedanken unversehens zu Raelia...
Was ihr in der Vergangenheit wohl widerfahren sein mochte...

Wie ging es ihrer Familie?

Würde er sie alle noch mehr in Gefahr bringen?

Würde es eine Zukunft geben, in der sie zufrieden zurückblicken und sich über all das hier unterhalten könnten?

Er haderte mit sich, ob er diese Fragen laut aussprechen sollte, was den Frieden, den sie beide sich eigentlich verdient hatten, unweigerlich zerstören würde.

Aber schließlich gewann seine Neugier die Oberhand und er fragte in die Stille hinein:

„Raelia, ich weiß nicht, ob das der richtige Moment ist, aber ich würde einige Dinge wirklich gern wissen...", woraufhin sie stehen blieb und ihn neugierig ansah, „was ist mit deiner Familie geschehen?"

Raelia wandte sich bei dieser Frage von ihm ab und ging ein paar Schritte weiter, ohne zu antworten. Ratlos folgte er ihr, um nicht zurückzubleiben.

Sie würdigte ihn einige Sekunden keines Blickes, bis sie beide an eine steinerne Bank kamen, auf der sie Platz nahm und ihn mit einer Handbewegung aufforderte, sich neben sie zu setzen.

Sie holte tief Luft, wie um sich zu sammeln, und begann: „Ich habe kaum Erinnerungen an meine Eltern, denn ich habe kaum Gelegenheit gehabt, sie zu sehen.

Denn du musst wissen, meine Eltern sind beide im Widerstand aktiv und waren lange Jahre ständig auf der Flucht und immer ein Ziel verfolgend:
sie wollten unbedingt die Räume der Hüter finden.
All die Jahre hat sich mein Großvater um mich gekümmert und mich großgezogen.
Es war nicht einfach, denn da den Organen der Weltordnung bekannt war, wer meine Eltern waren, suchten sie natürlich auch nach Großvater und mir.
In Rachath, wo wir beide uns kennenlernten, konnten wir versteckt leben, bis ich die Schule beendet habe, danach wurde es auch dort zu gefährlich."

Laerodah hatte diese Seite seiner Jugendfreundin nie gekannt und lauschte mit offenem Mund.

Raelia erklärte weiter:
„Du hast ja den Raum meines Großvaters gesehen. Hier, in dieses Haus, ist er über all die Jahre zurückgekehrt, wann immer er konnte, und hat hier alle Informationen zusammen getragen, die er in die Hände bekommen konnte.
Meine Eltern haben ihm geholfen und ihm alles zukommen lassen, was sie finden konnten.
Denn die Hüter, wie er einer war, haben riesige Energien darauf verwendet, ihr Wissen für spätere Generationen zu bewahren und vor der Weltordnung zu verbergen.

Deswegen sind solche verborgenen Räume über ganz Statheraé verteilt."

„Ja", hakte Laerodah ungeduldig ein,
„das habe ich mir denken können. Aber deine Eltern... wo
sind sie denn jetzt?"

Raelia schluckte; kämpfte sie mit den Tränen?
Aber sie fuhr gefasst und mit fester Stimme fort:
„Als ich gerade in die Schule kam, verreisten meine Eltern
ein weiteres Mal.
Sie kamen von dieser Reise nie zurück... mein Großvater
hat mit mir in Rachath gewohnt, bis ich mit der Schule
fertig war.
Ich glaube, er wollte mir ein letztes Stück an Normalität,
eine intakte Kindheit bewahren, die ich mit einem Leben
auf Reisen so wohl nicht gehabt hätte."

„Erst lange nach ihrer Abreise erfuhr ich, was passiert
war. Sie hatten Informationen erhalten, dass zwei weitere,
bisher unbekannte Räume entdeckt worden seien. Angeblich kam diese Information aus der Untergrundbewegung, aber es stellte sich heraus, dass es eine Falle war.
Meine Eltern liefen den Soldaten der Weltordnung in die
Arme...
ich habe sie seitdem nicht wieder gesehen..."

Die letzten Worte waren brüchig und leise gesprochen.

Laerodah wollte nicht nachhaken, um sie nicht noch mehr zu erregen, aber Raelia sprach weiter:

„Als mein Großvater das erfuhr, war er am Boden zerstört; er hatte die ganze Zeit etwas geahnt, aber es ist immer etwas anderes, wenn man Gewissheit bekommt.

Er wurde wütend und verbittert; seine Wut richtete sich aber nicht nur gegen die Weltordnung, sondern auch gegen den Widerstand, denn von dort kam all die Jahre keinerlei Hilfe, um meine Eltern zu finden.

Ich nehme an, man fürchtete, noch mehr Leute zu verlieren, aber aus Sicht meines Großvaters sah der Widerstand meine Eltern als Bauernopfer, deren Verlust man einfach hinnehmen müsse.

Er schloss sich ein und schrieb und schrieb und wechselte kaum noch ein Wort mit mir."

„Aber ich war nicht zufrieden damit.", hier wurde Raelia lauter und ihre Stimme fester,

„ich wollte dem nachgehen und sie wiederfinden.

Also habe ich meinem Großvater solange ins Gewissen geredet, bis er mir endlich seine Hilfe zusagte und wir gemeinsam einen Plan entwickelten."

„Grob gesagt war die einzige Möglichkeit, die uns einfiel, die, dass ich selbst in die Weltordnung eindringen und für sie arbeiten müsste."

„Wie?", unterbrach Laerodah sie, „du? Ein Maulwurf?"

„Ja,“, kam umgehend von ihr zurück,
„warum denn nicht? Ich bin ein Spion, wenn du so
willst.“

Sein erstauntes Starren ignorierend, fuhr sie fort:
„Erinnerst du dich, dass ich in den letzten beiden Jahren
unserer Schulzeit sehr viele Stunden gefehlt habe? In dieser Zeit bekam ich eine Grundausbildung als Agentin der
Weltordnung; sie werben einen schon während der Schulzeit an.
Je länger ein Kader in Ausbildung steht, als desto zuver-
lässiger gilt er oder sie.
Es war nicht einfach, aber ich war hochmotiviert, weil ich
mir so erhoffte, herausfinden zu können, ob meine Eltern
noch leben…
aber nach den zwei Jahren, als ich eine Stufe aufstieg und
ein intensiveres Training absolvierte, erhielt ich Zugang
zu Datenbanken und Vorschriften über den Umgang mit
Gefangenen.
Die normale…“, hier schnaubte Raelia verächtlich,
„Behandlung von Gefangenen zieht sich über
sechs Monate hin und besteht aus täglicher Folter zur
Informationsgewinnung und ich möchte nicht wiedergeben, was das alles für Foltermethoden beinhaltet…
sollten die Gefangenen danach keine oder nicht genügend
brauchbare Informationen geliefert haben, sind sie zu exe-
kutieren…“

Raelia brach ab und atmete mehrmals tief durch, dann sprach sie leise und mit tränenerstickter Stimme weiter:

„Von da an war meine Motivation blanke Rache.
Ich zog die Ausbildung durch, um diejenigen zu finden, die den Tod meiner Eltern zu verantworten hatten.
Aber ich musste mir eingestehen, dass ich nicht die leiseste Idee hatte, wie ich das anstellen sollte.
Also beschloss ich, so viele Informationen über dieses Gebilde, das sich Weltordnung nennt, zu sammeln.
Vielleicht zeigte sich mir irgendwann der Weg zu den schuldigen, so war meine Hoffnung.
Aber es lief leider nicht alles so, wie ich mir das vorgestellt hatte. Nicht zuletzt, als ich merkte, dass du in ihr Visier geraten bist, ausgerechnet du…
ich konnte nicht zusehen, als ich mitbekam, dass deine Verhaftung angeordnet wurde.
Ich musste handeln.
Und offenbar hat das ganz gut geklappt bis jetzt."
Sie lächelte, das erste Mal seit Beginn dieses Gesprächs.

Laerodah konnte sich ebenfalls ein Grinsen nicht verkneifen:
„Und dafür danke ich dir, mehr, als du dir vorstellen kannst. Nur… jetzt wissen wir, was zu tun ist.
Aber wie machen wir das?"

Raelia antwortete:

„Wir brechen heute noch auf, sobald die Sonne untergegangen ist. Alles Weitere werde ich dir erklären, wenn wir
unterwegs sind."

Damit schien alles gesagt zu sein; ohne, dass sie es bere-
den mussten, bestand zwischen ihnen eine Übereinkunft,
den Rest des Tages einfach zu genießen und sich dieser
friedlichen Stille hinzugeben, die dieser sonnenverwöhnte
Garten ihnen schenkte.

Erst, als die Dämmerung hereinbrach, wurden sie, von
bangen Vorahnungen beschlichen.
Vielleicht, so mutmaßte Laerodah, wurde ihm, Raelia vielleicht auch, jetzt erst richtig bewusst, was ihr Handeln alles für Folgen haben konnte.
Für sie beide und für sie Welt…

# Kapitel 2
# Der Widerstand

Als die letzten Strahlen der Sonne versiegt waren, hatten sich beide bereits zum Aufbruch fertiggemacht.

Raelia hatte Proviant in ihr Fahrzeug geladen und Laerodah sein Bündel mit seinen Schreibutensilien und jeder Menge leeren Blättern sowie seinem heißgeliebten Notizbuch vollgestopft; mehr meinte er, nicht zu benötigen.

Sie stiegen ein, nachdem sie das Haus von Raelias Großvater gründlich abgeschlossen und die Kellerluke darin wieder versiegelt hatten, und fuhren los.

Den ersten Teil der Fahrt verbrachten sie schweigend.

Raelia konzentrierte sich aufs Fahren und Laerodah behielt die Umgebung im Auge, sofern diese im schwachen Mondlicht und den abgeblendeten Scheinwerfern des Wagens zu erkennen war.

Die Anspannung im Wageninneren war mit Händen greifbar;

Jedes Mal, wenn ihnen ein Scheinwerferpaar entgegenkam, zuckten sie beide zusammen und ein unangenehmes Bauchgefühl ergriff von ihnen Besitz.

Sobald Laerodah mehrere Fahrzeuge in einem Pulk zu erkennen glaubte, sagte er es Raelia sofort.

Dann fuhren sie schnell an den Straßenrand oder hinter jede sich bietende Deckung und schalteten alle Lampen aus; sollte es sich um eine Patrouille handeln, war Vorsicht oberstes Gebot.

Aber nie, nicht ein einziges Mal hielt jemand an oder

drehte sich ein Scheinwerfer in ihre Richtung oder wurden sie verfolgt.

Und dieses Wechselbad zwischen Angst und Erleichterung ließ beide immer nervöser werden, je länger die Fahrt dauerte…

Sie wussten beide, dass sie wachsam bleiben mussten, aber es wurde immer schwerer und der Weg schien kein Ende zu nehmen.

Im ersten Grau der sich ankündigenden Morgendämmerung legten sie endlich eine wohlverdiente Rast ein.

Das Sitzen im Fahrzeug war immer mehr zur Tortur geworden und der mit zunehmender Entfernung von der Stadt schlechter werdende Straßenzustand machte die Situation nicht besser.

Nachdem sie ausgestiegen und sich ausgiebig gestreckt hatten, sagte Raelia:

„Also gut… wir sind weiter gekommen als ich gedacht habe, und wir haben, so, wie es aussieht, riesiges Glück gehabt."

„Das klingt doch schon mal gut", erwiderte Laerodah, „aber offen gestanden habe ich keine Ahnung, wo wir gerade sind oder wo wir lang müssen.

Ich habe komplett die Orientierung verloren."

„Deswegen ist es gut, dass ich fahre", sagte Raelia lächelnd.

„Lass uns einfach einen Moment lang dankbar sein, dass uns niemand gefolgt ist. Aber wir müssen weiter aufpassen, und auf gar keinen Fall sollten wir im Hellen fahren. Die wissen, wie mein Wagen aussieht.
Außerdem merke ich, wie mir die Augen zufallen; lass uns rasten und versuchen zu schlafen; wir haben uns eine Pause verdient.
Sollten wir dann, wenn es wieder dunkel wird, nochmal so gut vorankommen, erreichen wir einen Fluss mit einer Fähre.  Wenn mich nicht alles täuscht, ist das der Übergang zu der Straße, die uns direkt zum Bunkereingang führt."

Laerodah schaute mit strahlenden Augen zu ihr hinüber und rief überrascht:
„Na, das ist doch prima, wenn es nicht mehr so lange dauert. Aber du hast Recht, ich muss mir unbedingt die Beine vertreten und Schlaf könnte ich auch gebrauchen."

Die letzten Worte verschwanden fast in einem herzhaften Gähnen; er streckte sich, soweit es sein Sitz zuließ.

Raelia lachte und steuerte auf einen Abzweig der Straße zu, der hinter einer dichten Baumreihe verschwand.
Sie fuhr etliche Meter waldeinwärts, bis die Hauptstraße

nicht mehr zu sehen war und tiefhängende Zweige über das Wagendach schliffen.

Raelia stoppte, sah sich um und griff hinter ihren Sitz. Mit einem triumphierenden Lächeln zog sie eine vollgepackte Tasche hervor und hielt sie Laerodah unter die Nase:
„Erstmal essen wir was.", verkündete sie freudestrahlend.

Nachdem sie sich ausgiebig gestärkt hatten, stiegen sie aus und vertraten sich die Beine; dabei achteten beide jedoch streng darauf, das Fahrzeug nie aus dem Blick zu verlieren und sich nicht allzu weit davon zu entfernen.

Zu schnell konnte sich die Idylle als trügerisch erweisen, von jetzt auf gleich könnten sie gezwungen sein, die Flucht zu ergreifen.
Nichtsdestotrotz tat es ihnen unbeschreiblich gut, endlich einmal frische Luft zu atmen und etwas Anderes zu hören als Motorengeräusche.

Als sie nach einiger Zeit, die Sonne schimmerte bereits durch die niedrigeren Äste der Bäume, zum Auto zurückkehrten, forderte die lange Fahrt der Nacht ihren Tribut; beide spürten bleierne Müdigkeit in ihren Knochen.

Doch gleichzeitig schlafen war zu riskant, und so bot Laerodah sich trotz, brennenden Augen an, die weste Wache zu übernehmen; er hoffte, sich mit einer Fortsetzung der Patrouille um das Fahrzeug herum weiterhin wach halten zu können.

Raelia nahm sein Angebot mit einem dankbaren Ausdruck im Gesicht an, öffnete die hintere Tür des Wagens und legte sich ohne ein Wort ins Wageninnere.

Laerodah konnte sehen, dass sie bereits nach wenigen Atemzügen eingeschlafen war.

Er drehte mehrere Runden um den Wagen und behielt dabei aufmerksam seine Umgebung im Auge; zugleich versuchte er, alles an Geräuschen zu erlauschen, was von der Straße her an sein Ohr drang.
Nichts Auffälliges, über Stunden, doch die Anspannung ließ sich nicht abschütteln; zu wach waren noch die Erfahrungen als Gefangener, als dass er sie noch einmal erleben mochte.

Als sich der Nachmittag ankündigte und die Schatten ein wenig länger wurden, schaute er nach Raelia, weil es an der Zeit wäre, sie zu wecken.

Er streckte eine Hand nach ihrer Schulter aus und sah auf ihr Gesicht.
Sie lächelte im Schlaf…
Wahrscheinlich, so durchfuhr es ihn in diesem Augen-

blick, ein schöner Traum, aus dem geweckt zu werden sie einfach nicht verdient hatte, nach aller Gefahr, in die sie sich gebracht hatte… um seinetwillen.

Laerodah zog die Hand weg und beschloss, noch ein bisschen wach zu bleiben.

Er wusste, dass er Raelia viel mehr schuldete als nur ein paar Minuten seligen Schlafs, aber mehr vermochte er ihr jetzt, in diesem Moment, nicht zu geben.

Als er sie endlich weckte, brauchte Raelia nur wenige Augenblicke, um zu bemerken, dass Laerodah sie länger als abgemacht hatte schlafen lassen.

Mit einem Anflug von Lächeln im Gesicht scheuchte sie ihn in den Wagen; er kam dem ohne Diskussion nach.

Doch nachdem er sich hingelegt hatte, kam sein Kopf trotz seiner bleischweren Glieder nicht zur Ruhe.

Die Gedanken rasten hinter seiner Stirn, umso mehr, je näher sie ihrem Ziel kamen.

Laerodah sah ein, dass er den Schlaf nicht erzwingen konnte, und griff in seine Tasche.

Er schaltete eine Lampe an der Decke des Fahrzeugs ein, zog sein Notizbuch hervor und begann, das niederzuschreiben, was ihm durch den Kopf ging.

Zeile um Zeile bannte er aufs Papier, zu viel war es, was ihn beschäftigte:

Seine angebliche Bestimmung, die Angst auf der Flucht, die Ungewissheit vor ihm, die Unmöglichkeit in sein altes Leben, ja, irgendwohin zurückzukehren...

Aber schließlich, endlich siegte die Müdigkeit; er legte das Schreibzeug beiseite, löschte das Licht.
Und nach wenigen Sekunden fielen seine Augen zu.

Sachtes Rütteln an seiner Schulter hob ihn aus unsteten Träumen hervor, die er später nicht mehr hätte wiedergeben können.
Schon bald darauf hörte er, wie jemand seinen Namen flüsterte.
Raelia versuchte, ihn sanft zu wecken.

Verschlafen öffnete er die Wagentür und stieg aus, um sich zu strecken, was nach dem Schlaf auf den unbequemen Sitzen des Fahrzeugs bitternötig war.
Als er sich wieder zum Wagen umdrehte, streckte ihm Raelia eine Papiertüte hin:
„Bevor wir weiterfahren, lass uns erstmal was essen.", sagte sie.
Laerodah wusste nicht, was er in diesem Moment lieber getan hätte.

Wieder auf dem Sitz platziert und gierig kauend, blickte Laerodah durch die Scheibe des Wagens auf den Horizont, der kaum noch zu erkennen war.

Die Sonne war schon lange untergegangen und nur noch ein schmaler grauer Streifen zeigte, dass der Tag der aufkommenden Nacht weichen musste.

Wie zuvor setzte sich Raelia ans Steuer und Laerodah beobachtete aufmerksam die Straße und die Umgebung.

Mittlerweile musste er sich eingestehen, dass er keine Ahnung hatte, wo sie waren; die Fahrten bei Nacht hatten seine ohnehin eingeschränkten Orientierungssinn noch mehr verwirrt.

Was er aber sagen konnte, war, dass in dieser Region die Straßen immer schlechter wurden, das merkte er an den holpernden Bewegungen des Fahrzeugs, die definitiv von Schlaglöchern und Spurrillen herrührten.

Vielleicht fuhren sie auf Nebenstraßen, möglicherweise waren sie aber auch in einer dünn besiedelten Gegend unterwegs, in der die Weltordnung keinen Sinn sah, in Straßenbau zu investieren, oder die Menschen nicht viele Fahrzeuge besaßen.

Was auch immer es sein mochte, eine Auswirkung davon war, dass die Straße bis auf sie beide menschenleer war.

Stunden vergingen und sie sahen nicht ein einziges Scheinwerferpaar.

Langsam aber sicher merkte Laerodah, wie sehr es ihn anstrengte, in die Dunkelheit zu starren.

Es gab nichts, das seinen Blick anzog, nichts, dass ihn aus seiner Starre hätte reißen können.

Zuerst fingen seine Augen an zu brennen, einige Zeit drauf wurden seine Lider immer schwerer und er nickte mehrere Male kurz ein, riss jedoch den Kopf wieder hoch, als er es merkte.

Raelia sah das ebenfalls und stupste ihn in die Seite: „Alles in Ordnung?"

„Wie...ja, alles gut", beeilte er sich zu versichern, „war nur kurz eingenickt."
Daraufhin begann Raelia, ihren Beifahrer mit belanglosen Fragen über Zethresk und seine Arbeit zu bombardieren.

Laerodah merkte, dass sie ihn einfach nur wach halten wollte.
Er war ihr dafür dankbar und griff den Gesprächsfaden bereitwillig auf.
Und so redeten sie lange über kleine, unwichtige Details aus Laerodahs Leben und Alltag; Raelia hingegen gab nichts aus ihrer Vergangenheit preis.
Laerodah entging dies nicht, doch er dachte sich:
Vielleicht glaubt sie nach dem Gespräch gestern Morgen, dass ihrerseits schon alles gesagt sei.

Schließlich fielen Raelia keine Fragen mehr ein und sie fuhren ein weiteres Stück des Wegs schweigend.
Raelia selbst merkte, dass die Fahrt ihre Kräfte langsam überstieg.

Vielleicht doch noch eine kleine Pause...

Doch dieser Gedanke verflog im nächsten Augenblick, denn im Scheinwerferlicht kam ein knorriger, uralter Baum zum Vorschein, an dem die Straße vorbeiführte.

Er musste unzählige Jahre überdauert haben, sein massiger Stamm wand sich wie eine in die Länge gezogene Schraube nach oben, wo er sich in mehrere dicke Äste teilte, wie ihrerseits die Straße weit überragten.

Auf den ersten Blick schien dies der größte Baum in der Gegend zu sein.

Genau die Wegmarke, die ihr Großvater einst beschrieben hatte, in einem Gedicht, damit sie es sich leichter merken konnte.

„Merk dir, Kind", hallte die beruhigende Bassstimme aus einer fernen, glücklichen Vergangenheit in ihren Ohren,

nach dem Baum der kleine Wald,
und hinter dem der Fluss kommt bald.
Dem Fährmann sag' das rechte Wort
und er bringt dich zum rechten Ort."

Sie bewegte lautlos die Lippen, als sie sich die Worte aufsagte.

Und tatsächlich, nach einer spitzen Rechtskurve fiel der Lichtkegel auf einen kleinen Hain, auf den die Straße zuführte.

Dahinter schillerte im Licht des Mondes ein Streifen Wasser; eben der Fluss, hinter dem der Weg direkt zum Versteck, zum Eingang führen sollte.

Sie fuhr langsamer. „Dem Fährmann sag' das rechte Wort", wiederholte sie halblaut und ignorierte Laerodahs fragende Blicke.
Sie konnte sich zwar an den Vers erinnern, aber was war das Lösungswort für die Fähre?

Großvater hatte erzählt, dass nicht jeder hinübergelassen wurde, und sollte jemand, der als Mitarbeiter der Weltordnung zu erkennen war, Zutritt verlangen, würde der Fährmann jederzeit sein Boot sabotieren oder sich gar nicht erst zu erkennen geben.

Wenn sie ihrem Opa glauben durfte, war der Übergang sicher für diejenigen, die dem Untergrund nichts Böses wollten.
Aber hatte er ihr jemals die Losung genannt?
Sie überlegte, dass es vielleicht ausreichen konnte, ihren Namen zu nennen, der sie als Enkelin ihres Großvaters ausweisen würde.
Er war oft hier gewesen, um sich auszutauschen, um Wissen weiterzugeben, um neue Hüter zu finden und zu lehren; man musste sich hier einfach noch an sie erinnern, dachte sie.
Das konnte ihre Eintrittskarte sein, denn noch nie hatten

Verwandte eines Hüters gemeinsame Sache mit der Weltordnung gemacht.

Dies war die einzige Hoffnung, um Zutritt zu erlangen.

Laerodah spähte zwischen den langsam vorbeiziehenden Bäumen hindurch.

Waren da Augen, die in der Dunkelheit leuchteten?

Er wusste sich im Wageninneren zwar einigermaßen in Sicherheit, aber unbehaglich war ihm trotzdem.

Da war die alte Abneigung, die er schon als Kind gegen die Dunkelheit und die Schrecken, die ein junger Mensch darin wähnte, verspürt hatte.

Man konnte noch so viel wissen, noch so viele Bücher lesen und doch niemals diese irrationale Furcht ganz abschütteln, die bis in die Träume der Kindheit schlichen und die Monster erschuf, von denen man schweißgebadet aufwachte...

Er wurde aus seinen Gedanken gerissen, als der Wagen hielt.

Das Licht fiel auf eine sandige, weißschimmernde Uferböschung, an der ein schneller Fluss vorbeizog.

Das andere Ufer war von hier nur als dunkler Schemen zu erkennen.

Aber nirgendwo auch nur die kleinste Andeutung einer Brücke, einer Furt oder irgendeines Übergangs…

„Was jetzt? Ist das hier die richtige Stelle?",

fragte Laerodah ungewiss, doch Raelia antwortete umgehend: „Da drüben", und deutete auf eine Stelle im Schilfdickicht, die er zuerst nicht erkennen konnte.

Doch als er seine Augen anstrengte, wurde er stromauf-
wärts eines Stegs gewahr, der sich hell gegen die dunkle
Wasseroberfläche abzeichnete.
Er nickte stumm, woraufhin Raelia den Wagen in Richtung des Stegs in Bewegung setzte.

Die alten Planken ächzten unter dem Gewicht des Wagens, aber Raelia wusste, dass hinter dem Fluss noch etliche Meilen bis zum Bunkereingang zu bewältigen waren
und hatte keineswegs vor, das Auto hier zurückzulassen.
Sie neigte sich zu Laerodah, ohne den Blick vom Wasser
zu lassen:
„Egal, was oder wen du jetzt siehst: ich habe einen Plan,
also bitte vertrau mir. Und: ich rede, nur ich.
Hast du verstanden?"

Sie ahnte sein Nicken mehr, als dass sie es aus dem
Augenwinkel sah; Laerodah war durch ihr plötzliches
selbstbewusstes Auftreten ohnehin viel zu verblüfft, als
dass er mehr hätte antworten können.

Denn auch ohne ihre Worte war seine Überraschung mit
einem Mal beträchtlich angewachsen: am Ende des Stegs
schimmerte kaltes Metall, das sich im Takt der Wogen zu
bewegen schien.
Und aus der Richtung des Schimmers kam ein riesenhaf-

ter Schatten langsam auf das Auto zu.

Laerodah schrak zusammen, als eine Faust gegen die Scheibe auf Raelias Seite des Wagens schlug; kurz darauf öffnete dich die Hand und der Zeigefinger zeigte nach unten:
Eine Geste, zu bedeuten, dass Raelia die Scheibe herunterlassen möge.
Sie gehorchte, woraufhin eine knurrige, tiefe Stimme das Wageninnere erfüllte:
„Wer begehrt die Überfahrt?"
Diesen Worten folgte Stille.
Es war, als ob Raelia sich kurz sammeln müsse, dann entgegnete sie:
„Tresk… mein Name ist Tresk."
Der Mann schwieg und verzog keine Miene.
Laerodah fragte sich, was Raelia bezweckte; ob sie hoffte, dass ihr Name hier irgendein Gewicht hätte.
Doch genau in dem Moment, als er sich zu ihr beugte, um dies zu erfragen, traf ihn ein greller Lichtstrahl genau in die Augen, sodass er sich mit einem Aufschrei der Überraschung abwandte.

Raelia versuchte derweil, so gut es ging, am Strahl der Taschenlampe vorbei die Augen des Mannes zu erkennen, der sie anleuchtete; es gelang ihr nicht.
Wer immer das war, er hatte Übung darin, nicht sofort erkannt zu werden.

Nach endlos wirkenden Sekunden erlosch der Strahl der Lampe; an den sich entfernenden Schritten meinte Laerodah erkennen zu können, dass der Mann zur Fähre zurückging.

Er sah Raelia im Halbdunkel an, die jedoch nur mit den Schultern zuckte.
Nach einer Zeitspanne, die höchstens zwei Minuten lang gewesen sein konnte, sich für die beiden jedoch wie eine unermessliche Ewigkeit anfühlte, in der Nervosität und Anspannung unerträglich wurden, erschien der Mann wieder im Lichtkegel und gab ihnen mit Handzeichen zu verstehen, sie sollten mit dem Auto auf die Fähre kommen.
Raelia atmete hörbar aus. Auch, wenn sie noch lange nicht am Ziel waren, fühlte sich dies hier jedoch gerade wie ein unglaublich wichtiger Sieg an.

Auch Laerodah spürte, wie eine große Anspannung von ihm abfiel.
Die Fähre schwankte, als sie sich auf die Überfahrt über die schnell fließenden Wasser begab.
Raelia und Laerodah konnten aus dem Wagen heraus den Fährmann nicht sehen, doch Raelia vermutete, dass er diese Route schon seit langer Zeit befuhr und daher auswendig kannte.
So vermochte sie das Übersetzen leichter zu ertragen als Laerodah, der in seinem Leben noch nie ein Schiff bestie-

gen hatte, und dem die schlingernden Bewegungen doch sehr zusetzten.

Er biss die Zähne zusammen und harrte unbewegt aus, bis die Fähre endlich mit einem spürbaren Ruck, der das Fahrzeug der beiden schüttelte, am anderen Ufer anlandete; einige Bäume mit Zweigen, die bis auf die Wasseroberfläche herabhingen, säumten die ansonsten kaum als solche zu erkennende Anlegestelle.

Raelia ließ das Fenster herunter und spähte aus dem Wagen, doch keine Spur ihres Kapitäns.

Vielleicht, dachte sie, war ein Abschied oder Gespräch nicht in seinem Sinne und ohnehin hatten sie keine Zeit zu verlieren; also startete sie kurzerhand und der Wagen setzte sich in Bewegung.

Von der Anlegestelle führte ein Schotterweg eine kleine Anhöhe hinan, hinter der sich eine provisorische Straße ins Dunkel schlängelte.

Im Licht der Scheinwerfer war außer einer großen Wiese, die die Straße teilte, nichts zu erkennen.

Laerodah war zunehmend unsicher, ob dies der richtige Weg sei.

Doch gerade, als er Raelia dazu befragen wollte, stoppte sie abrupt.

Vor ihnen stand ein massiv gebauter Wagen mit großen Reifen quer zur Straße und hinderte sie so an der Weiterfahrt.

Als Raelia anhielt, öffneten sich die Türen und zwei Männer in einheitlicher Kleidung stiegen aus.

Erschrocken stieß Laerodah hervor:

„Die sind bewaffnet!". Und da fiel es auch
Raelia auf:

Schusswaffen, die beide an einem unter der Schulter entlangführenden Gurt bei sich trugen.

„Bitte beruhige dich", antwortete Raelia mit einer Gelassenheit, die Laerodah angesichts der beiden überhaupt nicht nachvollziehen konnte,

„das heißt nur, dass wir angekündigt wurden."


Einer der beiden machte in Richtung des Fahrzeugs mehrmals eine Handbewegung, eine Geste, die die beiden zum Aussteigen aufforderte.

Laerodah war instinktiv nicht gewillt, dem Folge zu leisten; das Fahrzeug schien in diesem Moment eine letzte Sicherheit zu sein.

Wer konnte wirklich wissen, was die beiden im Schilde führten?

Doch er hörte einen Klick und sah, dass Raelia ihre Tür bereits geöffnet hatte und sich anschickte, auszusteigen.


Hörbar seufzend tat er es ihr gleich.

Langsam und ohne hektische Bewegungen verließen sie beide den Wagen.

Einer der Männer bewegte sich daraufhin auf Raelia zu.

Im Licht der Scheinwerfer konnte Laerodah seine Gesichtszüge erkennen; buschige Brauen über faltig zusammengekniffenen Augen, die linke Wange von einer schlecht verheilten Narbe durchzogen, ein schütterer Haaransatz.

Der Mann wirkte muskulös und gut trainiert; jemand, den man besser auf seiner Seite wissen wollte.

„Weshalb seid ihr hier?",

fragte er Raelia mit dunkler, rauchiger Stimme, in der Laerodah Ungeduld und eine Spur Verachtung zu hören meinte.

Sollten die beiden wirklich im Untergrund aktiv sein, wäre verständlich, wenn sie über nächtliche Besucher nicht allzu erfreut wären.

Raelia, so jäh angesprochen, wollte eigentlich um Hilfe bitten, wollte ihre Geschichte erzählen, merkte jedoch an den Worten des Fragenden, dass dieser nicht erpicht war, langen Ausführungen zuzuhören.

Hektisch wollte sie sich Worte zurechtlegen, da plötzlich fiel ihr endlich die Lösung ein, die ihr Großvater ihr eingeschärft hatte und die sie eigentlich dem Fährmann hätte sagen wollen:

„Wir sind auf der Suche nach der Zukunft!

Der wahren Zukunft, die befreit vom Trugbild existieren wird."

Der Gesichtsausdruck des Mannes änderte sich schlagartig. Mit einer Stimme, die immer noch rau, aber wesentlich freundlicher und entspannter klang, sagte er:
„Wenn das so ist, folgt uns bitte. Eurer Fahrzeug lasst hier, aber löscht das Licht."

Raelia kam der Aufforderung nach, dann verschloss sie den Wagen.
Der, der sie angesprochen hatte, leuchtete mit einer Taschenlampe voraus, dahinter gingen Raelia und Laerodah, der andere der beiden zuletzt.

Sie folgten einem Weg, der als solcher auf den ersten Blick nicht erkennbar war.
Sie schienen willkürlich durch Gras und an Erdhaufen vorbeizugehen, doch wirkte es, als wüsste der Mann an der Spitze über jeden Schritt Bescheid, als ob dies hier ein uralter, ausgetretener Pfad wäre.

Nachdem sie eine Weile so gegangen waren, kamen sie an eine Felswand.
Laerodah konnte in der Finsternis kaum etwas erkennen, Mond und Sterne waren hinter dichten Wolken verborgen, aber er mutmaßte, dass sie an den Ausläufern eines Berges angekommen waren.
Ihr Anführer stellte sich an eine bestimmte Stelle der Wand und schien zu warten.
Laerodah wusste nicht, worauf und versuchte, einen Blick

von Raelia zu erhaschen, doch er konnte ihr Gesicht nicht erkennen.

Raelia war verunsichert, aber sie wusste, dass ihr im Moment nichts anderes übrig blieb, als diesen beiden Unbekannten zu vertrauen.

Sie waren mitten in einer unbekannten Gegend, ohne Führer und Hilfe, und schließlich hatte sie sich auf dieses Wagnis eingelassen, wohl wissend, dass so etwas früher oder später passieren würde.

Also wartete sie ergeben auf das, was vor ihr lag und sie nicht ändern konnte.


Plötzlich, aus dem Nichts heraus, leuchtete an einer Stelle der Wand, genau vor dem Mann mit der Taschenlampe, ein Licht auf und der Fels schwang zur Seite.

Eine Tür, in den Berg hinein, tat sich auf und warmes Licht und dumpfe Geräusche drangen hinaus.

Der zweite ihrer Begleiter, der bislang stumm hinter ihnen gestanden hatte, sagte halblaut:

„Bitte, tretet ein.", was Raelia und Laerodah, ohne zu zögern taten.


Hinter der Tür, die sich hinter ihnen automatisch schloss, lag ein langer, kalter Gang, der von regelmäßig in den nackten Fels eingelassenen Lampen mattweiß erleuchtet wurde.

Sie liefen an den Wänden entlang, ohne ein Wort miteinander zu sprechen.

Ab und zu versuchte Laerodah, Raelia anzusehen, aber die schaute nur konzentriert nach vorn, vielleicht, um ihre eigenen Gedanken und ihre Anspannung nicht sichtbar werden zu lassen.

Und so gingen sie schweigend, bis der Gang an einer Treppe endete, die tiefer hinab führte.

Unten angekommen, standen sie in einem Raum, der nichts beinhaltete außer einem kargen Metalltisch und einigen Stühlen.

Der Mann mit der Taschenlampe sagte knapp:

„Wartet hier.",

dann gingen beide durch eine Nebentür, ohne ein weiteres Wort zu sagen.

Endlich sah Laerodah die Gelegenheit, sich mit Raelia auszutauschen, und er hub an, doch sie schnitt ihm das Wort im Munde ab:

„Bitte, bevor du etwas sagst: vertrau mir und überlass mir das Reden hier. Ich kenne diese Leute nicht und ich war noch nie hier, aber ich glaube, dass sie uns helfen können, und ich glaube auch, dass ich sie dazu überreden kann. Du musst mir bitte vertrauen."

Laerodah kannte seine Jugendfreundin lange genug, um bei dem Tonfall, der ihre Worte begleitete, zu wissen, dass sie keinen Widerspruch dulden würde, also nickte er einfach und schwieg.

In diesem Augenblick öffnete sich die Tür, durch die ihre Begleiter verschwunden waren, und ein hünenhafter, komplett in schlichtes Grau gekleideter Mann mit silbern behaarten Schläfen und einem struppigen, ungepflegten Bart trat ein.

Er musterte die beiden kurz, nickte dann knapp und sagte in barschem Kommandoton:

„Setzt euch."

Als sie dies getan hatten, nahm auch er sich einen Stuhl und gesellte sich zu ihnen; seine Stimme war nun weicher, als er sagte:

„Ich bitte um Entschuldigung für die Vorsichtsmaßnahmen, die wir getroffen haben. Aber ohne die hätten wir uns nicht all die Jahre hier unten halten können…"

Raelia und Laerodah sahen sich zögerlich an, dann sagte Raelia halblaut:

„Schon gut. Es ist uns ja nichts passiert."

„Danke für euer Verständnis", sagte der Mann, „mein Name ist übrigens Meldor und ich bin der Oberste dessen, was man allgemein den Widerstand nennt."

Raelia hörte aufmerksam und nicht ohne Erleichterung zu. Sie hatte also Recht gehabt und den Weg gefunden. Danke, Großvater, sagte sie sich im Stillen.

Eine Gesprächspause entstand, da weder Raelia noch Laerodah einen Laut von sich gaben, und so sprach Meldor weiter:

„Meine Späher berichteten mir, du hättest dich als ein Kind der Familie Tresk vorgestellt?".

„Ja", antwortete Raelia, „mein Name ist Raelia.".

Meldor nickte zufrieden und entgegnete:

„Es überrascht mich, dich kennenlernen zu dürfen.

Wir hatten nicht zu hoffen gewagt, dass eine Tresk noch den Weg zu uns finden würde, nach allem, was passiert ist…"

Meldor sah ihr fest in die Augen; Raelia jedoch wendete den Blick ab; seine Worte riefen Erinnerungen wach, die hier nicht hingehörten, derer sie sich jedoch nicht erwehren konnte.

Meldor sah nun Laerodah an und sagte:

„Soweit ich weiß, gehört zur Familie Tresk nur eine einzige Tochter; ich gehe also nicht davon aus, dass ihr verwandt seid.

Wie ist dein Name Junge?"

Laerodah war verblüfft; er hatte nicht damit gerechnet, direkt angesprochen zu werden.

Sosehr ihn Meldors massive Gestalt und sein durchdringender Blick aus eisgrauen Augen auch einschüchterten, regte sich doch etwas in ihm dagegen, als „Junge" angesprochen zu werden.

Und so nahm er all seinen Mut zusammen und brachte hervor:

„Sie haben recht, wir sind nicht verwandt. Mein Name ist Laerodah, ich komme aus…"

Weiter kam er nicht, denn Meldors Faust landete wie ein Stein auf dem Tisch, der unter dem Schlag erzitterte.

„Laerodah!?Beim Schicksal!", rief er aus,
„entschuldigt mich kurz."
Und er sprang auf und rannte aus der Tür.

Laerodah sah Raelia an und fragte:
„Was sollte das denn?",
doch sie sah ihn an und zuckte mit den Schultern; sie war
genauso überrascht wie er.

Sie hatten nicht viel mehr Zeit, sich zu wundern, denn
kurz nachdem er hinausgestürmt war, kehrte Meldor zurück. Und kurz nach ihm betrat noch eine weitere Person
den Raum und rief:
„Laerodah! Wie um alles in der Welt bist du hierherge-
kommen?"

Laerodah war so überrascht, dass er aufsprang und mit einem Lachen, dass er nicht unterdrücken konnte, lief er auf
Herrn Areth zu und umarmte ihn, von dem er geglaubt
hatte, ihn nie wiederzusehen.

Raelia, die dem Wiedersehen verklärt lächelnd zugesehen
hatte, meldete sich zu Wort:
„Das kann ich, glaube ich, erklären…", und sie schilderte
in allen Einzelheiten, wie sich der Einsatz der Weltordnung zugetragen hatte, bei dem Laerodah verhaftet werden sollte, wie sie ihm zur Flucht verhalf und wie sie seit
vielen Jahren für die Weltordnung arbeitete mit dem Ziel,

Informationen zu erhalten.

Meldor und Herr Areth lauschten, ohne ein Wort zu sagen. Als Raelia geendet hatte, wandte sich Herr Areth an Laerodah und sagte:
„Du hast unglaubliches Glück gehabt, mein Junge!
Und du hast also den Raum der Hüter gefunden.
Wunderbar,wunderbar!
Ich hatte Recht, dir zu vertrauen."

Laerodah wusste, dass seine Freude ehrlich gemeint war, hatte er doch selbst so lange vergebens nach dem Raum gesucht.
Zu wissen, dass diese Kostbarkeit nicht verloren war, schürte neue Hoffnung in dem alten Mann.

Meldor kratzte sich am Kinn und sagte dann, die Stirn in Falten gelegt:
„Was ich aber nicht verstehe… wenn das alles stimmt, warum kommt ihr dann hierher?
Ihr habt gewusst, dass die von der Weltordnung euch suchen würden, vielleicht sind sie euch gefolgt, ohne, dass ihr es wisst.
Falls das so ist, habt ihr nicht nur euch, sondern uns alle hier in Gefahr gebracht.
Hier leben Tausende in den Stollen und Kammern, was, wenn die alle entdeckt werden wegen eurer Reise hierher?

Warum sollten wir euch helfen?"

Raelia antwortete, ohne zu zögern:
„Weil wir eure Hilfe dringend brauchen, dringender, als du es dir vielleicht vorstellen kannst. Wir wissen nicht, wohin sonst…" und sie schilderte ihre Vermutung, was Laerodahs Bestimmung sein könnte.

Als Herr Areth dies hörte, warf er ein:
„Sie hat Recht. Auch ich glaube, dass mehr in dem Jungen steckt, als wir alle denken.
Laerodah ist ein Kind des Seins, davon bin ich überzeugt."

Während Raelia und Herr Areth sprachen, wich Meldors Blick nicht eine Sekunde von Laerodah und keine Bewegung seiner Miene verriet, was er dachte.
Laerodah hätte nicht gewusst, was er sagen sollte, und fühlte sich von Meldors Blick durchbohrt und bis in sein Innerstes ausgeleuchtet; also sah er zu Boden und schwieg.

Schließlich begannen Raelia und Herr Areth durcheinanderzureden; jeder versuchte, Meldor auf seine Art zu überzeugen, dass Laerodah jede nur erdenkliche Hilfe bräuchte, bis dieser endlich das Wort erhob, woraufhin beide schwiegen:
„Nun gut, nun gut… ihr habt also vor, die noch existieren-

den Artefakte zurück zu erlangen?
Die, die von der Weltordnung unter strengsten Sicherheitsvorkehrungen bewacht werden?"

Meldors Miene war nach wie vor unbewegt.
„Ich habe verstanden, was ihr mir sagen wollt. Aber es tut mir leid, ich kann dem nicht meinen Segen geben.
Eine Mission, wie ihr sie vorhabt, ist derart ungewiss und gefährlich, ja, nahezu unmöglich, dass ich fürchte, sie übersteigt die Kräfte des Widerstands bei Weitem."

Raelia und Herr Areth sahen sich ratlos an; beide mussten sich eingestehen, dass sie auf eine andere Antwort gehofft hatten.
Danach wandten sie sich wieder Meldor zu und redeten durcheinander.
Jeder der beiden brachte noch einmal seine Argumente vor; beide versuchten, sich gegenseitig zu übertönen, bis Meldor aufstand und beiden mit einer Handbewegung bedeutete, zu schweigen:
„Genug!", grollte er, dass es von den Wänden widerhallte, „es tut mir leid! Aber das Risiko ist zu hoch!
Ich kann und will einem solchen Wahnsinn nichts zusagen, was ich nicht zu leisten vermag.
Das Gespräch ist beendet."

Betretene Stille folgte seinen Worten.
Raelia starrte auf den Tisch, Laerodah konnte sehen, wie

ihre Kiefer mahlten.

Herr Areth biss sich auf die Lippe, sagte aber nichts.

Meldor schien zu merken, dass er sich im Ton vergriffen hatte.

In ruhigerem Ton fuhr er fort:

„Ihr drei seid in Gefahr; ich kann euch nicht hinausschicken, ohne zu riskieren, dass euch etwas zustößt.

Ich biete euch unseren Schutz in diesen Mauern; ihr seid unsere Gäste und könnt euch hier frei bewegen.

Mehr kann ich für euch nicht tun."

Nachdem er dies gesagt hatte, verließ er den Raum.

Alle drei sahen sich betreten an und haderten mit sich.

Herr Areth sah seine Hoffnung getrübt.

Der weite Weg, die Strapazen… und nun saß sein Zögling, denn als nichts anderes betrachtete er Laerodah, vor ihm, und er konnte nichts weiter tun, ihm zu helfen.

Raelia kämpfte mit Tränen der Wut.

Sollte das alles umsonst gewesen sein?

War Meldor so blind, dass er nicht erkannte, was seine Entscheidung für sie alle, ja, für die ganze Welt bedeuten konnte?

Und Laerodah horchte tief in sich hinein…

Aber da war nichts, nur eine schwarze, alles verschlingende, kalte Leere.

# Kapitel 3

# Auf eigenen Wegen

Ein paar Minuten, nachdem Meldor den Raum verlassen hatte, kam der Mann zurück, der sie mit seiner Taschenlampe in den Gang geführt hatte und dessen Namen sie immer noch nicht wussten.

Er nickte knapp, wie zur Begrüßung, dann sagte er:

„Ich habe Anweisung, euch zu euren Unterkünften zu bringen. Bitte, folgt mir."

Raelia sah bei aller Wut und Verzweiflung ein, dass es keinen Sinn hatte, hier sitzen zu bleiben; sie erhob sich, und die beiden andern taten es ihr gleich.

Sie alle verließen gemeinsam den Raum und folgten dem großen Mann, der in die gleiche Uniform wie Meldor gehüllt war.

Mehrere Minuten folgten sie gleich aussehenden Gängen, die in regelmäßigen Abständen von Türen unterbrochen wurden, bogen sie um Ecken, stiegen Treppen hinauf und hinab, bis keiner von ihnen, auch Herr Areth, mehr auch nur den Schein einer Orientierung hatten, wo sie sich befanden. Es war fast, als würden sie bewusst in die Irre geführt, um nicht allein wieder herausfinden zu können…

Laerodah musste zugeben, dass er froh war, dass der Mann sie führte, er selbst wäre hier unten verloren.

Raelia ging neben ihm, zunächst lange schweigend, doch plötzlich neigte sie sich im Gehen zu ihm und flüsterte ihm zu:

„Wir dürfen jetzt nicht aufgeben. Ich lasse mir etwas einfallen, versprochen. Halt dich bereit, im Zweifel müssen wir schnell aufbrechen."

Laerodah sagte nichts, nickte aber knapp als Zeichen, dass er verstanden hatte. Er war an einem Punkt, an dem er bereit war, sein Schicksal in ihre Hände zu legen.

Als ob sie der letzte Mensch auf Erden sei, der er vertrauen könnte…

Als hätte ihr Begleiter diese leisen Worte gehört, drehte er sich jäh um und sah Raelia direkt in die Augen:

„Am Ende dieses Ganges sind die Unterkünfte für die Frauen. Bitte begib dich dorthin und melde dich dort.", daraufhin ging er, ohne Raelias Reaktion abzuwarten weiter in die andere Richtung, in die der Gang, aus dem sie gekommen waren, abzweigte. Über die Schulter rief er: „Ihr beiden, folgt mir bitte."

Laerodah sagte nichts und sah Raelia an; die zwinkerte ihm zu, sagte beiden nur ein kurzes, aber erleichtert klingendes:

„Bis bald", und ging in die ihr gewiesene Richtung weiter.

Laerodah und Herr Areth folgten ihrem Begleiter, bis dieser vor zwei identisch wirkenden Türen stehen blieb: „Hier seid ihr untergebracht." Ohne ein weiteres Wort drehte er sich um und ging zurück.

Das Zimmer war mehr als schlicht eingerichtet.
Ein karges, hartes Bett, ein kleiner, schmaler Tisch mit einem Schemel davor, ein in die Wand eingelassener Spind

und ein Hinterraum mit einem WC, mehr gab es nicht.
Laerodah war kurz versucht, wenigstens seine Tasche in
den Schrank zu räumen, da sein Aufenthalt hier möglicherweise von längerer Dauer sein konnte, aber er beher-
zigte Raelias Worte und stellt die Tasche ungeöffnet neben
das Bett.

Danach nahm er Schreibzeug und Notizbuch aus dem
oberen Fach seiner Tasche, setzte sich damit an den Tisch
und begann, seine Gedanken und Eindrücke zum Widerstand und zu dem, was er bisher hier erlebt hatte, niederzuschreiben.

Aber bereits nach nur wenigen Zeilen fühlte er, wie sehr
ihn die letzten Stunden in Anspruch genommen und angestrengt hatten.

Bleierne Müdigkeit überkam ihn; nur mit Mühe konnte
er sich noch auf dem kleinen Schemel aufrecht halten.

Er schrieb den letzten Satz zu Ende, steckte seine
Schreibutensilien zurück in seine Reisetasche und legte
sich auf das Bett.

Er war von der Reise und dem langen Fußmarsch der
Nacht über alle Maßen erschöpft; er merkte gar nicht, wie
er einschlief und dachte nur noch, dass ihn diesmal keine
Grübelei wachhalten konnte…

Er konnte nicht sagen, wie lange er geschlafen hatte, als er
durch ein Klopfen an der Tür geweckt wurde.

Schläfrig richtete sich Laerodah auf und drückte auf den

Knopf an der Wand, in dem er den Mechanismus zum Öffnen der Tür vermutete, denn diese hatte, wie er feststellte, weder Klinke noch Knauf.

Das Gesicht ihres Begleiters in der Nacht erschien in der Tür.

Mit einer unerwartet freundlichen Stimme sagte er:

„Guten Morgen. Ich soll dir ausrichten, falls du hungrig bist, gibt es drei Türen weiter den Gang hinunter einen großen Saal, dort kannst du etwas essen."

Er wandte sich um, wie um zu gehen, doch Laerodah bemerkte, dass er sich umsah, wie um sich zu vergewissern, ob niemand ihm folgte.

Als er sah, dass er allein auf dem Gang war, bedeutete er Laerodah, zu schweigen indem er einen Zeigefinger auf seine Lippen legte. Mit der anderen Hand hielt er Laerodah einen gefalteten Zettel hin.

Laerodah nahm ihn wortlos entgegen, woraufhin der Bote nickte und ging.

Kaum hatte er die Tür wieder geschlossen, waren Hunger und Müdigkeit verflogen.


Laerodah entfaltete das Papier und lasdie eilig hingekritzelten Zeilen:

Laerodah,

du weißt, wie dringend es ist, dass wir handeln müssen, dir ist die Tragweite bewusst. Ich bin mir sicher, dass du dir ein Bild von alldem machen konntest, was auf dem

Spiel steht.

Wir können hier nicht bleiben. Auch, wenn uns Sicherheit versprochen wurde, sind wir doch wenig mehr als Gefangene.

Ich hatte vermutet, dass es schwierig sein könnte, Meldor zu überzeugen, doch mit totaler Ablehnung hatte ich offen gestanden nicht gerechnet. Das heißt, wir sind auf uns allein gestellt. Aber das darf nicht heißen, dass wir aufgeben. Wir müssen weiter, wir müssen es versuchen. Allerdings weiß ich nicht, ob Meldor versuchen würde, uns aufzuhalten, wenn wir es wagen, den Bunker auf eigene Faust zu verlassen.

Der Mann, der dir den Zettel gebracht hat, heißt Elero. Er ist bereit, uns zu helfen. Er hat die Unterredung mit Meldor mitbekommen und ist derselben Ansicht wie wir. Er wird dich heute Abend abholen, also halte dich bereit. Er wird dir den Weg zu einem Hangar weisen, wo verschiedene Fahrzeuge stehen. Mir hat er den Hangar beschrieben, ich werde dort auf euch warten. Mit seiner Hilfe können wir eines der Fahrzeuge verwenden und er wird uns begleiten. Ich hoffe darauf, dass wir mit diesem Wagen unbemerkt bis zur

Zentrale der Weltordnung vordringen können, doch dazu später mehr.

Bitte vernichte diesen Brief, damit er nicht in falsche Hände gerät.

Ich hoffe, unser Plan geht auf.

Raelia

Laerodah las den Brief noch einmal und ließ dann die Worte auf sich wirken.

Raelia hatte Recht. Wenn all das stimmte, was er gelesen hatte, wenn auch nur irgendwas dran war an dem, was sie und Herrn Areth und Meldor mit seinen Kämpfern antrieb, dann mussten sie es versuchen, dann hatten sie gar keine andere Wahl.

Und auch er hatte nicht nachvollziehen können, dass jemand wie Meldor, der am Ehesten absehen konnte, welche Möglichkeit sich ihnen bot, seine Unterstützung so rigoros verweigerte.

Selbst ein Mann wie Elero, der, seinem Aussehen nach zu urteilen, schon viele Jahre hier unten war, sah zwar das Risiko, war aber trotzdem, anscheinend bedingungslos bereit zu helfen, entgegen seinen Befehlen und dem Wunsch seines Obersten.

Laerodah setzte sich auf die Kante des Bettes und überlegte.


Er konnte sich keinen wirklichen Reim auf all das Geschehene der letzten Stunden machen und schüttelte unbewusst mit dem Kopf.

Dann las er Raelias Brief noch einmal und zerriss ihn anschließend sorgfältig in kleine Fetzen.

Die steckte er ein, um sie später zu entsorgen.

Als er damit fertig war und sich fragte, was nun bis Anbruch des Abends zu tun übrig bliebe, meldete sich sein Magen mit einem lauten Knurren.

Drei Türen, weiter, hatte Elero gesagt…
ehe er hier grübelnd herumsaß, konnte er genauso gut
das Angebot annehmen und sich stärken.
Und so stand Laerodah auf und ging durch den Gang bis
zur beschriebenen Tür, die sich tatsächlich als Eingang zu
einem geräumigen Saal mit hoher Decke, warmer Be-
leuchtung und an den Wänden aufgebauten Tischen her-
ausstellte.

Auf diesen Tischen gewahrte Laerodah Platten und
Schüsseln mit Brot, Fleisch, Käse und jeder Menge Früchten, die ihm das Wasser im Mund zusammenlaufen ließen.
Er konnte sich auf Anhieb nicht erinnern, wann er zuletzt
so viel Nahrung auf einmal gesehen hatte.
Er griff beherzt zu, besonders bei den frischen, duftenden
Früchten, von denen er einige nur aus Büchern kannte,
setzte sich an einen freien Platz und aß.

Gleichmäßig im Raum verteilt standen mehrere Tische, an
denen Menschen saßen, die ihn neugierig betrachteten.
Laerodah nahm dies durchaus wahr, es bekümmerte ihn
jedoch nicht weiter.
Wahrscheinlich waren die Anhänger des Widerstands
fremde Gesichter nicht gewohnt, aber er war sich gewiss,
dass er auf Meldors Aussage vertrauen konnte: er war
Gast und durfte sich frei bewegen. Und wenn das freie
Mahlzeiten einschloss, umso besser…

Nachdem er ausgiebig gefrühstückt hatte, kehrte er auf seine Stube zurück, um seine Notizen zu vervollständigen und den Abend abzuwarten.

Doch er war sich gewiss, dass er vorher noch eine Sache erledigen musste, denn er wusste nicht, wann er das nächste Mal eine Gelegenheit dazu hätte: eine lange, heiße Dusche…

Und so fragte er den ersten Mann, der ihm auf dem Gang begegnete, wo es die Möglichkeit dazu gebe, und prompt wurde ihm von seiner überaus freundlichen Zufallsbekanntschaft der Weg zu den Waschräumen erklärt, wo er lange und ausgiebig und zum ersten Mal seit Tagen warmes Wasser über seinen Körper laufen ließ.

Für einen Augenblick fühlte er sich, als er aus der Dusche stieg, als sei alles wieder normal und so, wie es sein sollte…

Wieder in seiner Unterkunft, wartete er auf den zähen Verlauf der Stunden, bis der Tag endlich voranrückte.

Er hatte keine Beschäftigung bis auf das Schreiben, der er sich widmen konnte, und auch dessen war er schnell überdrüssig; ihm fehlte einfach die Geduld, er sehnte den Moment herbei, da es endlich soweit wäre…

und hier unten, fernab von Tageslicht, konnte er nicht sagen, ob es Mittag war und wo die Sonne stand.

Als die Uhren stehen zu blieben schienen, so langsam kam ihm das Verrinnen der Zeit vor, klopfte es endlich an der Tür.

Laerodah bemühte sich, ruhig und gelassen zu wirken, als er öffnete, doch da stand kein Elero.

Nein, es war Herr Areth, der ihn anerkennend anlächelte: „Dachte, ich besuch dich mal, Junge. Wenn wir hier schon nichts unternehmen können, lass uns wenigstens ein wenig reden."

Laerodah ging nur allzu gern auf das Angebot ein und so schwatzten die beiden über die unterschiedlichsten Dinge; ein Gespräch, so dachte Laerodah, wie es zwischen ihnen beiden vor wenigen Wochen noch undenkbar gewesen wäre.

Schnell jedoch konnte sich Laerodah nicht zurückhalten und er sprach aus, was ihn in diesem Moment am meisten bewegte:

„Warum hat Meldor so reagiert?
Warum will er uns nicht helfen?"

„Versuch bitte, ihn zu verstehen, Junge", gab Herr Areth zurück, „er trägt eine riesige Verantwortung. Dieser Bunker hier ist alt und riesig. Nicht nur, dass der Widerstand all diese Menschen beherbergt, er ernährt sie, kleidet sie und kämpft jeden Tag um ihre Sicherheit. Das alles will bezahlt und instand gehalten sein. Hier unten leben nicht nur Kämpfer, hier leben Familien, Kinder, alle auf Schutz angewiesen. Meldor kann das nicht aufs Spiel setzen, das ist seine Bürde. Sollte unser Vorhaben schiefgehen, was wird dann aus den Menschen hier, wenn Meldor uns hilft und dafür den Schutz hier vernachlässigt?"

Laerodah entgegnete nichts; er verstand und insistierte nicht weiter. Es war, als wäre die Unbeschwertheit, die am Anfang des Gesprächs zwischen ihnen bestanden hatte, jäh verflogen.

„Ich muss los", sagte Herr Areth schneller als gedacht und wandte sich zum Gehen, „es gibt da noch jemanden, den ich suche und unbedingt sprechen muss. Ich habe ihn lange nicht gesehen und hoffe, dass er noch lebt."
Er gab Laerodah die Hand und sah ihm fest in die Augen, dann ging er.

Laerodah sah auf die Uhr: es würde noch einige Stunden dauern, bis Elero auftauchte.
Bei der Überlegung, wie er die verbliebene Zeit nutzen könne, fiel ihm wieder sein Notizbuch und der unvollendete Eintrag ein.
Er nahm das Buch und sein Schreibwerkzeug setzte sich, las das bisher Geschriebene noch einmal durch und fing dann an, seine Gedanken in Worte und Absätze zu fassen. Je mehr er zu Papier brachte, desto bewusster wurde ihm, wie angespannt und erwartungsvoll er war.
Er sorgte sich um den Ausgang ihres Vorhabens, mehr, als er es sich hatte eingestehen wollen. Selbst das Schreiben, was ihm all die Jahre hindurch geholfen hatte, sich zu beruhigen und klar zu denken, vermochte ausgerechnet

jetzt nicht, seine Unruhe zu stillen.

Wieder hielt er inne, las das Geschriebene und auch die älteren Einträge noch einmal.

Während er blätterte, fand er auf einmal das kleine Stück Pergament, mit dem alles begonnen hatte.

Er nahm es heraus und drehte es in seinen Händen hin und her.

Laerodah erinnerte sich an Zethresk und daran, was dieser kleine, unscheinbare Zettel in ihm bewirkt hatte; dieser magische Moment, in dem er die Ewigkeit umarmte und eins war mit der Magie der Welt… damals, ja, trotz, dass wenige Tage verstrichen waren, fühlte es sich so an… damals wusste er so gut wie nichts über all das hier und da draußen.

Jetzt war ihm vieles bekannt, was er nie für möglich gehalten hätte und was vor ihm verborgen lag…

Aber… warum eigentlich nicht?

Laerodah legte das Pergament vor sich auf den Tisch und schloss die Augen. So saß er ohne eine Regung und versuchte, bewusst langsamer und langsamer zu atmen.

Vielleicht konnte er diese innere Ruhe, diesen Frieden noch einmal finden… niemandem nützte es jetzt, wenn er unbedacht und heißblütig handeln würde.

Er horchte in sich hinein, blendete Zeit, Körper und Umgebung aus, drang tiefer und tiefer durch die Schichten seines Geistes, bis da nur noch Gefühl war, eine Ahnung aus seinem Bauch und ein Drang in seinem Herzen.

Er suchte danach, im Dunkeln tastend… dieses kleine Stück des allumfassenden Seins, das ein Teil von ihm war, wie er ein Teil von allem.

Dieses Fragment dessen, was man Seele nannte, und an dem der Faden hing, der die Magie an den Körper band… Da… da zeigte es sich ihm und er sah die mäandernden Farben vor seinem inneren Auge.

Langsam streckte er seinen Geist danach aus und berührte den Faden, berührte das magische Teil seiner selbst… und wieder hörte er die Melodie. Der Klang, Frieden verheißend, breitete sich in ihm aus, durchflutete ihn, spülte alle Ängste und Vorahnungen hinweg, bis er fühlte, dass er ganz von Licht und Wärme durchströmt war.

Dieses Stück des Seins, dieses Fragment seiner selbst gehörte nur ihm, fühlte er, dieser tiefe Frieden könnte seiner sein für alle Zeit… und so ging er auf in diesem endlos scheinenden in allen Farben der Welt warm dahin fließenden Augenblick…

Langsam ließ er die Töne über sich hinweggleiten, bis die Melodie langsam in ihm verklang.

Er zwang sich, den Faden im Geiste loszulassen, so verführerisch es auch war, zu verweilen.

Mit jedem ruhigen Atemzug tauchte er an die Oberfläche der Gegenwart zurück und öffnete schließlich langsam die Augen…

Das erste, was er sah, war die Uhr an der Wand seines

Zimmers, und er erschrak.

Es waren fast zwei Stunden vergangen.

Laerodah hätte schwören können, nur wenige
Augenblicke so meditiert zu haben, aber offenbar hatte
Zeit keine Bedeutung, dort, wo er gerade eben noch war.

Schnell verstaute er seine Utensilien, weil es jetzt jeden
Moment soweit sein konnte, dass Elero vor der Tür stand.
Laerodah setzte sich aufs Bett und legte sich den Trage-
gurt über die Schulter, bereit, jeden Moment aufzusprin-
gen und loszulaufen.

Und tatsächlich, nur wenigen Momente, nachdem er sich
gesetzt hatte, klopfte es. Laerodah stand auf, öffnete und
blickte in Eleros Gesicht.

„Guten Abend", sagte dieser und trat ein, „ich nehme an,
du hast den Brief gelesen. Wir gehen jetzt gemeinsam
zum Parkdeck. Wir werden schnell gehen, nicht stehen
bleiben, und sollte jemand uns ansprechen, überlass das
Reden bitte mir, verstanden?"

Obwohl Laerodah es langsam satt war, dass ihm ständig
nur die Rolle des schweigenden Zuhörers zugewiesen
wurde, nickte er und sagte:

„Verstanden."; was hätte er ohne Elero
auch unter wildfremden Menschen sagen oder ausrichten
sollen?

Die Gänge, durch die Elero ihn führte, waren trist,

schummrig, und für das unkundige Auge kaum voneinander zu unterscheiden. Nach einigen Biegungen konnte Laerodah immerhin Schilder an den Wänden unterscheiden, doch diese bestanden nur aus Zahlen und einzelnen Buchstaben, deren Sinn sich ihm nicht erschloss.

Sie gingen schnell und sprachen nicht miteinander.
Ab und an begegneten sie jemandem, doch wurden sie weder angesprochen noch aufgehalten.
Laerodah war jedes Mal mulmig zumute, wenn er ein fremdes Gesicht erblickte, und
schlagartig beruhigt, wenn der- oder diejenige einfach an ihnen vorbeiging.
Schließlich bogen sie in einen langen, etwas breiteren und besser beleuchteten Flur ab, an dessen Ende Laerodah in der Ferne eine Treppe erkennen konnte.
„Wir sind fast da", sagte Elero halblaut über seine Schulter hinweg in Laerodahs Richtung, „wir müssen nur noch die Treppe da hinauf, dann sind wir angekommen."

Laerodah war erleichtert und froh, dass es bis hierhin so reibungslos abgelaufen war.
Er hatte mit größeren Schwierigkeiten gerechnet.
Kaum hatten sie die Treppe erreicht, stieg Laerodah auch schon der Geruch von Öl und Abgasen in die Nase; dies konnte nur das beschriebene Parkdeck sein.

Am Ende der Treppe angekommen, öffnete sich vor ihm

eine riesige Halle voll von den verschiedensten Fahrzeugen. Da standen ausgeschlachtete Wracks, vermutlich zur Ersatzteilgewinnung, schrottreife Vehikel neben reparierten, einsatzbereiten Fahrzeugen. An manchen waren Waffen montiert. Niemand war zu sehen, und auch keine Spur von Raelia bis jetzt…

Laerodah blickte fragend zu Elero, der die wortlose Frage verstand und in eine Richtung wies.
Ohne genau zu wissen, worauf er achten sollte, folgte Laerodah ihm zwischen langen Reihen von Wagen in den unterschiedlichsten Zuständen hindurch, bis er endlich Raelia erkennen konnte.
Sie stand neben einem silbernen, mannshohen Wagen mit dicken Reifen und lächelte, als sie die beiden sah.

Laerodah war mit einem Mal unbeschreiblich froh, sie zu sehen, egal, unter welchen Umständen.
Rasch stiegen sie ein; Elero setzte sich hinters Steuer und sagte noch beim Einsteigen:
„Wir dürfen keine Zeit verlieren.
Je schneller wir hier raus sind, desto besser."
Raelia und Laerodah nahmen wortlos auf der Rückbank Platz.

Als sie sich ansahen, war in ihren Augen aber doch ein Funken der Erleichterung zu erkennen…
Elero startete den Motor. Mit einem Röhren, das die Insas-

sen innerlich vibrieren ließ, fuhr der Wagen an und die beiden Beifahrer wurden in die Sitze gedrückt, als das Fahrzeug die Einfahrt hinaufschoss und die Halle verließ. Von dort führte eine kaum als solche erkennbare Straße zu einem Waldstück; Laerodah sah hinter sich und bemerkte, dass die Einfahrt von außen so gut zwischen den Felsen verborgen lag, dass niemand auf die Idee kommen würde, dass sich eine so riesige Anlage dahinter verbarg. Minutenlang, während der rasanten Fahrt durch den Wald, sagte niemand ein Wort.

Endlich aber sagte Elero:

„Sieht so aus, als würde uns niemand folgen.", die Erleichterung war ihm anzumerken.

„Aber…", hob Laerodah an, „wird man nicht merken, dass wir nicht mehr da sind und dass ein Fahrzeug fehlt?"

„Natürlich", antwortete Elero, „aber nicht vor morgen früh. Aber bis dahin sollten wir genug Boden gut gemacht haben, dass sie uns so schnell nicht einholen können, wenn sie es denn überhaupt versuchen."

„Ich hoffe, dass du Recht hast.", mischte sich Raelia ein. Laerodah fragte:

„Und wie geht es jetzt weiter?", woraufhin sie sagte: „Wir fahren in den Wald hinter Lochath."

Skeptisch betrachtete sie Elero im Rückspiegel und fragte: „Ihr habt einen Plan?"

„Nicht direkt", antwortete Raelia, „aber ich kenne die Gegend dort gut und sie ist nicht weit von dem Ort weg, wo wir hinwollen. Zumindest aber gibt es dort mehrere Höhlen, in denen wir Unterschlupf finden können."

Elero schien diese Antwort zu genügen, denn er sagte: „Sehr gut. Ich weiß, welche Gegend du meinst, ich kenne den Weg sehr gut und weiß, wo wir unterwegs Halt machen können. Ruht euch aus, ihr werdet eure Kräfte noch brauchen."

Ohne Widerworte beherzigten Laerodah und Raelia diesen Ratschlag und beide machten es sich auf ihren Sitzen so bequem wie nur irgendwie möglich.
Laerodah begrüßte die neue Beinfreiheit, die dieser Wagen bot, denn er hatte noch immer die lange Fahrt in Raelias Auto in den Knochen.

Einige Stunden lang passierte nichts, als dass sich das Fahrzeug immer weiter monoton durch die Landschaft bewegte, die den müden Augen der Insassen nur wenig Abwechslung bot. Immer wieder dämmerten sie weg, in den Schlaf gewiegt durch das rhythmische Schaukeln des Wagens.

So verging die Zeit nahezu unbemerkt oder vielmehr unbeachtet, bis Elero plötzlich in Richtung Rückbank rief: „Hey, ihr zwei! Ihr könnt allmählich aufwachen."
Laerodah tauchte trotz der abrupten Unterbrechung seines Halbschlafs nur langsam aus den Träumen hinter sei-

nen Augen auf.

Blinzelnd versuchte er, die Benommenheit zu vertreiben. Das Erste, was er wirklich scharf wahrnahm, war, dass ein Kopf auf seiner Schulter lag…

Raelia schlief scheinbar immer noch tief und fest und hatte Eleros Ruf gar nicht mitbekommen.

Einen Moment, der sich wie eine kleine Ewigkeit anfühlte, hielt Laerodah inne, betrachte die schlafende Frau neben ihm einfach nur, ohne ein Wort zu sagen oder einen Muskel zu rühren. Und mit einmal ertappte er sich dabei, wie er ihr eine Haarsträhne aus dem Gesicht streichen wollte, einfach so, als wäre das die normalste Sache der Welt…als wäre es normal zwischen ihnen beiden… schon als er den Arm leicht angehoben hatte, fiel ihm auf, was er ganz unbewusst hatte tun wollen, und er spürte sofort eine siedende Hitze in sich aufwallen.

Er musste bestimmt tiefrot angelaufen sein, aber zum Glück war Elero auf die Straße fixiert und bemerkte den Zwischenfall nicht.

Aber… war es denn einer? Sie kannten sich ewig, waren seit Jahren befreundet, was wäre dabei, ihr Haar zu berühren, während sie schlief? Und doch… da war eine Grenze, das fühlte Laerodah. Und sie ohne ihr Wissen und vielleicht ohne ihren Willen zu überschreiten, das war falsch, wenn auch nur bei einer so kleinen Geste…

Rasch und alle Gedanken dieses Momentes verwerfend,

streckte Laerodah sich unter zusätzlichem, lautem und langem Räuspern, wodurch auch Raelia die Augen öffnete.

Auch sie streckte sich und massierte ihre Glieder, um den Schlaf zu vertreiben. Nichts an ihrem Verhalten deutete darauf hin, dass sie von ihrer Schlafposition etwas bemerkt hatte.

Gleich darauf blickte sie lächelnd in Laerodahs Gesicht, ohne ein Anzeichen, dass sie seine Verlegenheit wahrnahm:

„Guten Morgen."

Laerodah lachte leicht und antwortete mit einem Schmunzeln:

„Wohl eher guten Abend... naja, beinahe."

Verwundert blickte Raelia schnell aus den Fenstern des Wagens. Tatsächlich färbte sich draußen bereits der Himmel wieder und tauchte der halb hinter dem Horizont verschwundene Sonnenball die Landschaft ringsum in ein dämmriges Rot.

„Oh...offensichtlich... aber mal abgesehen davon...", sie richtete ihre Stimme nun an Elero, „wo sind wir denn eigentlich inzwischen?"

Ohne lange Erklärung deutete Elero auf einen Hügel, der nicht weit vor ihnen lag:

„Gleich dort hinter kommt wieder ein Waldstück. Dort ist unser Zwischenstopp, den ich zu Beginn der Fahrt erwähnte."

Begeistert antwortete Raelia:

„Fantastisch!"

Kaum hatten sie die Spitze des Hügels erreicht, bot sich ihren Augen ein Naturpanorama.
Im Abendrot konnten sie ein Meer aus Bäumen erkennen, das zu beiden Seiten jenseits der Straße gegen die dahinter liegenden Hügel anstieg.
Am Rand der Straße, die den Wald zu teilen schien, bis sie sich irgendwo am Horizont verlor, standen vor den ersten Bäumen dichte, sattgrüne Büsche, die das Auge nicht zu durchdringen vermochte.

Elero fuhr weiter, unbeeindruckt von der Pracht rings um ihn her.
Er suchte eine passende Stelle, um das Fahrzeug so in diesem grünen Dickicht zu verbergen, dass später vorbeikommende Fahrzeuge sie nicht bemerken könnten-
„Dort drüben!", meldete sich Laerodah von der Rückbank und deutete auf eine schmale Gasse zwischen riesigen Gebüschen, deren dichte Äste das Auto ausgezeichnet tarnen würden.

Elero schaltete schnell, als auch er die Einmündung sah, und riss das Steuer herum. Kaum fuhr er von der asphaltierten Straße herunter, merkten alle, dass sie wilden Waldboden unter sich hatten.
Das Fahrzeug schaukelte hin und her und schüttelte die Insassen, bis es schließlich zum Stehen kam.

Elero stellte den Motor sichtbar erleichtert aus und alle drei verließen den Wagen.

Nachdem sie sich davon überzeugt hatten, dass das Fahrzeug inmitten des Gestrüpps wirklich schwer zu sehen war, beschlossen sie, sich nach mehreren Stunden des eingezwängten Sitzens ein wenig die Beine zu vertreten, ohne sich jedoch allzu zu weit vom Fahrzeug zu entfernen.

Inmitten der vielen Bäume und der Büsche war hier und dort ein Baum entwurzelt oder von einem früheren Sturm umgeknickt.

Ansonsten präsentierte sich der dichte, immer dunkler werdende Wald unberührt und von keiner Menschenseele behelligt außer den drei abendlichen Spaziergängern.

Ein paar Schritte lang konnte Laerodah alle Anspannung vergessen und tief durchatmen.

Der würzige Duft und der kühle Wind, der die Baumkronen rascheln ließ, klärten alle Nebel, die sich seit Tagen seiner Gedanken bemächtigten.

Für einen Moment sah alles gut und friedlich und richtig aus…gerade als er sich diesen Gedanken hingab, gewahrte er einige Meter vor sich eine Unterbrechung der Baumreihen… eine Art kleine Lichtung, auf die noch mehr des restlichen Sonnenlichts abbekam als der umliegende Waldboden. Und dort sah er großen langen Stein, der zu großen Teilen mit einer Moosschicht überdeckt schien.

Laerodah ging langsam darauf zu.

Erst, als er fast davorstand, bemerkte er, dass es mehrere Steine waren, unterbrochen durch Risse und Lücken, aus denen sich kaum hörbar einige Rinnsale ihren Weg bahnten und sich etwas weiter weg im Unterholz zu einem Bach vereinigten, der inmitten des Unterholzes seinen Weg ins Waldesinnere fand.

„Dieser Ort…"

Laerodah setzte ab und schaute leicht bedrückt zu Boden bevor er weiter sprach:

„Dieser Ort scheint noch so unberührt

von allem, so aus der Zeit gefallen… als gäbe es die Welt nicht, als hätte er seinen eigenen Frieden"…


Raelia ging auf Laerodah zu; sie verstand ihn, ohne dass ernoch ein weiteres Wort sagen musste.

Denn Orte wie diese waren in ihrer beider Leben leider wirklich selten geworden; sie, die sie in Betonwüsten, Staub und Hektik, Menschenmassen und schnell wechselnden Schatten großgeworden waren, spürten ohne Worte die Magie eines Ortes, der noch so war, wie die ganze Welt sein sollte…hätte sein können… Orte an denen es noch keine Auswirkungen zu haben schien, dass die Welt im Ungleichgewicht war.

Zu viel wurde bereits zerstört und ein Ende war nicht in Sicht…

Raelia stand nun direkt hinter Laerodah und legte ihm eine Hand auf die Schulter:

„Und genau deshalb werden wir nicht aufgeben! Wir werden einen Weg finden! Nicht nur, um nur solche Orte zu schützen... nein, um überall wieder einen Frieden zu schaffen."

Laerodah drehte sich langsam zu ihr um, erwiderte jedoch kein Wort und nickte nur; sie verstand seine Dankbarkeit für diese wenigen Sätze.

Inzwischen war Elero bei einer größeren Steinreihe angelangt und hatte sich auf einen dieser Steine niedergelassen.

„Hey, ihr zwei!", rief er Raelia und Laerodah zu, die sich immer noch schweigend und scheinbar ineinander versunken gegenüberstanden, nun aber aufhorchten, als er weitersprach.
„Wir sollten aber dennoch unseren Plan besprechen. Jetzt! Denn dieser Ort ist die einzige Gelegenheit, die wir bekommen werden. Wenn wir erst bei den Höhlen sind, weiß ich nicht, wieviel Zeit uns noch zum Reden und Planen bleibt."
Raelia pflichtete ihm bei:
„Absolut, da hast du vollkommen Recht", und so setzte sie sich auf einen der größeren Steine und forderte Laerodah auf, es ihr gleich zu tun, bevor sie anfing, die anderen beiden von ihrem Plan, welchen sie sich schon zurechtgelegt hatte, zu erzählen.

„Wie ich zu Beginn unserer Fahrt bereits erwähnt hatte, befindet sich unter dem Gebirge, zu welchem wir fahren wollen, ein System von natürlich gewachsenen Stollen, die sich derart verzweigen, dass sie den Berg praktisch in alle Richtungen unterhöhlen. Folgt man ihnen in der richtigen Richtung, unterläuft man eine Hügelkette, die praktisch vor der Tür des Hauptgebäudes der Weltordnung endet.

Wenn wir diesen Weg wählen, dürfte niemand unser Näherkommen bemerken. Unser größter Vorteil dabei wird sein, dass dieses Gebirge komplett verwildert und zugewachsen ist. Außerdem scheinen die Stollen auch unseren Feinden völlig unbekannt zu sein; eine Überwachung findet so gut wie gar nicht statt.“

Laerodah unterbrach sie an dieser Stelle:
„So gut wie?
Das bedeutet aber dennoch, dass auch dort die Schergen der Weltordnung wenigstens ab und zu patrouillieren, oder nicht?“

Um ihn gleich wieder zu beruhigen, sprach Raelia weiter:
„Ja, das ist richtig. Aber: Die Wachen halten sich nach unseren Beobachtungen nur im unteren Bereich des Berges auf, an den wenig bewachsenen und relativ freien Flächen, die gut einsehbar sind.

Von diesen, nennen wir es Wachposten, gibt es in der Regel lediglich zwei, soweit ich das weiß.

Das lässt riesige Lücken in der Überwachung, gerade oberhalb des Eingangs. Die Wachen verlassen sich auf die Unwegsamkeit des Geländes. Aus diesem Grund sind für uns gerade die oberen oder mittleren Ebenen des Gebirges von Bedeutung."

Nun meldete sich auch Elero zu Wort.
„Ich vermute du hast vor, durch das Höhlensystem zu diesen höherliegenden Ebenen zu gelangen?"
„Absolut richtig, Elero.", antwortete Raelia und fuhr mit ihrer Erklärung fort:
„Als erstes müssen wir uns einen Überblick über das gesamte Gelände verschaffen. Von der oberen Ebene haben wir dazu die perfekte Gelegenheit.
Außerdem kommt hinzu, dass selbst, wenn wir gesichtet werden sollten, wir uns einfach durch die Höhlen zurückziehen können."

Laerodah lauschte jeder einzelnen Silbe von Raelias Worten; obwohl ihm das Vorhaben leichte Bauchschmerzen bereitete, beruhigte ihn am Ende doch ihre Selbstsicherheit.
Sie fuhr fort:
„Am besten, wir fokussieren uns auf diesen ersten Schritt und besprechen alles Weitere, sobald wir uns vor Ort ein Bild machen können."
Sie sah ihre Gefährten an; in allen Gesichtern stand Zustimmung.

Da nun alles Wichtige besprochen war, nutzten alle nochmals die Gelegenheit, sich ein wenig die Beine vor der Weiterfahrt zu vertreten.

Anschließend setzten sie sich in ihr Fahrzeug.

Dabei bot sich Raelia an, weiter zu fahren, damit sich Elero etwas ausruhen könne. Doch dieser entgegnete knapp: „Ich schaff das schon. Überleg du dir in Ruhe, was uns alles erwarten könnte, wenn wir da sind. Ich will keine Überraschungen erleben, auf die wir nicht vorbereitet sind."

Während der Fahrt schwiegen alle drei und starrten vor sich hin.

In jedem Einzelnen wuchs die Anspannung je näher sie ihrem Ziel kamen.

Elero überlegte einen kurzen Moment ob er diese Stille durchbrechen und ein Gespräch anfangen sollte.

Doch ein Blick zu Raelia ließ ihn befürchten, sie würde sofort zusammenzucken vor Schreck, so sehr schien sie in ihren Gedanken versunken zu sein.

Laerodah versuchte, die Anspannung zu lindern in dem er sich die Landschaft betrachtete, die am Fenster vorbeizog. Leider gönnten ihm der sich anbahnende

Regen und die dunklen Wolken diesen Moment der Ruhe nicht und so schlug der sich gebotene Anblick einer verregneten Landschaft zusätzlich bedrückend auf sein Gemüt.

Er riss seinen Blick von der Landschaft los und versuchte es sich halbwegs auf seinem Sitz bequem zu machen.
Die Augen mehr zwanghaft als freiwillig geschlossen, versuchte er zu schlafen, was ihm jedoch nur schwer gelang.

Er versuchte, sich an schöne Dinge zu erinnern, rief Bilder aus seiner Jugend vor seinem inneren Auge auf; es half… allmählich wich seine Anspannung und er fiel in einen ruhigen, traumlosen Schlaf.

Inzwischen konzentrierte sich Elero angestrengt auf die Straße und die angrenzende Umgebung.
Je weiter sie fuhren, umso größer wurde die Gefahr, dass sie der Weltordnung in die Hände fallen konnten.
Hin und wieder warf er einen kurzen Blick in den Rückspiegel zu Laerodah und Raelia.
Laerodah schien tief und fest zu schlafen, Raelia starrte immer noch regungslos vor sich hin, anscheinend tief in ihren Gedanken versunken.

Elero musste an einem Punkt der Fahrt husten; Raelia erschrak so sehr, dass sie stark zusammen zuckte und Elero kurz mit einem bösen Blick im Spiegel tadelte.
Hätte man sie gefragt worüber genau sie sich in diesem Moment den Kopf zerbrach, hätte nicht einmal sie eine Antwort darauf gehabt.
Doch nun da sie wieder zurück im Hier und Jetzt war,

ließ sie ihren Blick umherwandern; ihre Augen blieben im Halbdunkel auf dem friedlichen Gesicht des schlafenden Laerodah hängen.

Mit einem Mal schossen ihr unzählige Gedanken durch den Kopf.

All die Zeit, nicht nur seit ihrem Wiedersehen, sondern auch in den vielen Jahren, seit sie sich kennengelernt hatten, war Raelia immer fest überzeugt, dass sie Laerodah durchschauen könne; dass sie mit einem Blick in sein Gesicht wie in einem Buch lesen könne, was in ihm vorgeht.

Und so war sie auch ehrlich überzeugt, genau nachvollziehen zu können was Laerodah in letzter Zeit durchmachte.

Aber jetzt… sie horchte tief in sich hinein, während sie ihren Blick nicht von seinem so vertrauten Gesicht abwandte. Nein. Sie wusste es

nicht. Was wusste sie überhaupt, was in ihm vorging? Schließlich war die Welt für ihn noch vor wenigen Tagen eine gänzlich andere. Seine ganze kleine Welt, alles, wofür er so lange so hart gearbeitet hatte, war ins Wanken geraten; sein Alltag, seine Gegenwart nichts anderes als Teil des Trugbildes.

Er hatte von der Lüge erfahren, die so tief in der Welt verwurzelt ist, hatte begonnen, alles zu hinterfragen, alles anzuzweifeln.

Woher sollte er jetzt noch wissen, was wahr und falsch war, wem er trauen konnte?

Und als ob das noch nicht genug wäre, sollte ausgerechnet er, der unscheinbare, ruhige Laerodah, die Wahrheit herausfinden und nichts weniger als die Welt retten…

Ohne, dass sie es merkte oder später hätte erklären können, flüsterte Raelia leise, was ihr in diesem Moment durch den Kopf ging:
„Wofür nimmst du das alles auf dich?"
Und unweigerlich wurde sie von einem Schwall Erinnerungen erfasst…

Sie war in den Tiefen ihres Geistes auf einmal wieder an diesem Spätsommertag unter den riesengroßen alten Bäumen. Auf dem Hof vor dem rissigen grauen Steinklotz ihrer alten Schule, ganz am Anfang, vor all den Jahren…
Sie kannte Laerodah erst seit ein paar Tagen und auch nur flüchtig; wie Kinderbekanntschaften am Anfang sind; verspielt und oberflächlich… aber dieser Junge war anders, das spürte sie, ohne es in Worte fassen zu können.

Nach diesem Bild, dass unwillkürlich ein Lächeln auf Raelias Gesicht zauberte, flogen die Jahre an ihrem inneren Auge vorbei.
All die Momente, die dazu geführt hatten, dass Laerodah und sie am Ende unzertrennlich wurden; eine wundervolle Freundschaft, wie sie keine andere in ihrem Leben erfahren hatte.

Plötzlich, unter all den Momenten, die viel zu schnell vorbeizogen und die sie so gern für immer festgehalten hätte… plötzlich kam eine bestimmte Erinnerung in ihr auf, die sie wie einen Schatz hütete…

Es war ein Treffen mit Laerodah mitten im Hochsommer; als sie beide schon fast das Erwachsenenalter erreicht hatten.

Sie saßen auf einer Wiese, saßen einfach nur da und unterhielten sich über alles Mögliche; es war einer dieser Tage, die sich unendlich anfühlten und an denen man das Gefühl hatte, die ganze Welt müsse stehenbleiben und nur diesen einen Moment einfrieren; den Wind, die Sonne, den Duft der Blumen…

Laerodah hatte mit einem Mal den Einfall, ein Spiel aus ihrem Gespräch zu machen.

Es hieß : „Was wäre wenn…" , einer der beiden begann einen Satz damit und das Gegenüber musste ihn irgendwie sinnvoll vervollständigen; die daraus entstehende Frage musste wiederum vom jeweils anderen beantwortet werden.

Und sie begannen:

„Was wäre wenn… es nicht regnen würde?"

„Was wäre, wenn… wenn wir uns nicht kennengelernt hätten?"

„Was wäre, wenn… einer von uns von hier fortziehen würde?"

… und immer so weiter.

Sie konnte sich nicht erinnern, jemals so tief in einen anderen Menschen vorgedrungen zu sein.

Sie sprachen auf diese Weise, bis die Sonne unterging…

Nun konnte sich Raelia dank dieser Erinnerung ein Lächeln nicht zurückhalten.

Und sie blickte wieder in das Gesicht von Laerodah, der immer noch schlief… und zwang sich, das eine, was ihr immer, wenn sie an diesen Sommernachmittag zurück-denken musste, durch den Kopf schoss wie ein heißer Blitz, dessen Wärme ihren ganzen Körper durchströmte… das eine nur in Gedanken und nicht aus Versehen laut auszusprechen:

„Ach Laerodah... was wäre wenn… du wüsstest was ich für dich fühle?"

Sie wusste, dass sie selbst sich diese Frage nicht beantworten konnte… und vielleicht nie eine Antwort bekäme… wenn…


Ein weiteres lautes Räuspern von Elero riss Raelia in die Gegenwart zurück. Und mit einem Schlag brachen alle Gedanken an das Bevorstehende wieder über sie herein. Sie zwang sich zur Konzentration auf die Dinge, die vor ihnen lagen, und mit ernster Miene und leeren Augen starrte sie auf die vorbeiziehenden Wolken, ohne sie wirklich zu sehen…

# Kapitel 4
# Das Herz der Weltordnung

Die Fahrt verlief lange Zeit, ohne dass irgendjemand ein Geräusch gemacht, geschweige denn ein Wort gesagt hätte…

Nach einer gefühlten Ewigkeit des Schweigens war es Elero, der sich vom Steuer aus bemerkbar machte:
„Guten Morgen dahinten! Ich schlage vor, ihr wacht allmählich auf. Wir nähern uns unserem Ziel."

Raelia hatte nicht bemerkt, dass sie in einen traumlosen Schlaf gesunken war.
Um wieder wach zu werden, streckte sie sich zunächst ausgiebig, sofern es der eher beengte Platz auf dem Rücksitz des Fahrzeuges zuließ.
Langsam aber sicher machte es sich bemerkbar, dass sie so lange Zeit im Sitzen verbracht hatte; ihr Rücken schmerzte und ein Kribbeln wie von kleinen elektrischen Entladungen durchzog ihr rechtes Bein.
Sie ließ ihre brennenden Augen, die sicher blutunterlaufen waren, über die Umgebung schweifen, soweit sie sie aus dem tropfenverhangenen Wagenfenster heraus überblicken konnte.
Verwundert blinzelte sie:
hatte Elero gerade „Guten Morgen" gesagt?
Es war stockfinster draußen; nicht der zaghafteste Schemen hob sich vom Nachthimmel ab.
Sie sah in Richtung der Frontscheibe, und tatsächlich…
ein zartes Dämmerungsgrau schlich sich am Horizont un-

ter den tiefhängenden Regenwolken vor ihnen empor…
nicht mehr lange, und die Morgenröte würde einsetzen,
bis endlich die Sonne hoffentlich diesen Wolkenschleier
zerrreißen würde.

Sie bewegte den Kopf zur Seite und ihr Blick fiel auf Laerodah. Der war offenbar bereits wach, denn er schaute
ebenfalls in Richtung Frontscheibe auf die langsam zunehmende Helligkeit.
In seinem Blick lag eine tiefe Wehmut, die sich im selben
flüchtigen Moment sofort auf Raelias Herz niederschlug.
Raelia neigte ihren Kopf langsam in Laerodahs Richtung;
halb sagte, halb flüsterte sie:
„Alles in Ordnung?"
Statt einer Antwort nickte Laerodah nur kurz in Richtung
der Frontscheibe, wo die Morgendämmerung nichts erhellte als eine riesige graue Wolkendecke am Himmel, die
jedes Tageslicht auszublenden versprach.

Viele andere Menschen hätte dieser Anblick deprimiert,
aber eine von Raelias Stärken war es schon immer, auch
der schlimmsten Situation etwass Hoffnungsvolles abzugewinnen.
Prompt setzte sie aus dem Nichts ein freundliches Lächeln auf und sagte mit begeisterter Stimme:
„Diese Regenfront kommt doch wie gerufen!"
Und als Laerodah sie halb verschlafen, halb ungläubig anblickte, schob sie nach:

„Wir wollen unbemerkt bleiben, oder? Das heißt, je trüber die Sicht und je weniger Tageslicht, desto besser für uns… komm schon Laerodah. Man muss die Dinge auch mal von der guten Seite betrachten. Gegrübelt haben wir jetzt lange genug."

Laerodah hatte in all den Jahren diese eine Eigenschaft an Raelia besonders schätzen gelernt:
sie war mitreißend.

Wenn sie Fröhlichkeit und Zuversicht ausstrahlte, konnte man in ihrer Nähe gar nicht anders, als fröhlich und zuversichtlich zu sein; sie konnte wie ein Sommerwind am Morgen sein, der alle grauen Wolken eines nächtlichen Gewitters fortreißt.
Also ließ sich Laerodah auch dieses Mal ein Lächeln entlocken:
„Da hast du Recht… mal wieder", antwortete er ihr knapp und sie nickte ihm noch einmal aufmunternd zu, bevor sie sich nach vorn beugte und zu Elero sagte:
„Wie lange ist es denn noch?"
Elero, der ebenfalls hatte schmunzeln müssen, als er Raelias kleine Motivationsansprache vernommen hatte, antwortete:
„Ihr hättet unser Ziel beinah verschlafen, wenn ich euch nicht geweckt hätte. Ich schätze, innerhalb der nächsten Minuten müssten wir die ersten Ausläufer des Gebirges sehen können. Die Straße führt dann durch einen immer

dichter werdenden Wald. Wenn wir den erreicht haben, sollten wir halten; es gibt dort mehrere miteinander verbundene Pfade, von denen einer an den Teil des Bergs führt, zu dem wir wollen.
Vertraut mir, ich kenne mich dort aus."

Raelia dachte kurz nach, bevor sie antwortete:
„Das ist eine sehr gute Idee, im Schutz der Bäume anzufahren. In Falle eines schnellen Rückzugs hätten wir dann mehr Möglichkeiten, im Wald Haken zu schlagen und wieder nach draußen zu gelangen."

Laerodah musste lächeln, als er ihr zuhörte. Sie begaben sich in eine ungewisse, gefährliche Situation mit wer weiß welchem Ausgang… und alles, was Raelia sah, waren die Chancen, die sich ihnen boten.
„Ich kann so froh sein, diese Frau zu meinen Freunden zählen zu dürfen", dachte er.

Die restliche Fahrzeit ging schneller vorüber als erwartet. Elero steuerte das Fahrzeug zielstrebig durch das bewachsene Gelände und fand auf Anhieb eine gute Stelle, um das Auto vor fremden Blicken zu verbergen.

Endlich war die lange Fahrt überstanden… allen dreien war die Erleichterung darüber anzumerken.
Auch, wenn die Fahrt ereignislos verlaufen war, war die Anspannung doch unmerklich gewachsen.

Beim Aussteigen streckten sie ihre Glieder in alle Richtungen und bewegten sich zunächst in alle Richtungen, um wieder richtig wach zu werden, ohne dabei jedoch das Fahrzeug aus den Augen zu verlieren; Raelia und Laerodah waren hier noch nie gewesen.

Zurück am Wagen überlegten sie kurz, was sie mit sich nehmen wollten und was zurückbleiben könne.
Von hier aus würde es nur zu Fuß weitergehen; zu groß war das Risiko, durch Motorgeräusche Aufmerksamkeit zu erregen.

Laerodah bestand darauf, seine Tasche mit zu nehmen. Schließlich beinhaltet diese seine Schreibutensilien, welche er stets hütet wie seinen Augapfel.
Elero schulterte einen Rucksack mit etwas Proviant für alle Fälle und Raelia griff nach einer Umhängetasche, in der sich ein Fernglas befand.
Als sie sich marschbereit wähnten, ging Elero noch einmal um das Fahrzeug herum, brach Zweige von den umstehenden Bäumen ab und legte sie auf die Frontscheibe, das Dach und die Motorhaube.
Die beiden anderen taten es ihm gleich, nachdem sie verstanden hatten: wenn jemand von weitem am Wagen vorbei ging, sollte dieser so schlecht wie möglich zu erkennen sein; aus der Nähe konnte man denken, dass das Auto schon länger hier stand und von herabfallenden Zweigen verdeckt war, aber zu niemandem gehörte.

Sie durften nichts unversucht lassen, um unentdeckt zu bleiben Schließlich verschloss Elero den Kofferraum, trat einige Schritte vom Fahrzeug zurück und vergewisserte sich, dass es auch wirklich gut unter dem ganzen Grün versteckt war.

Mit dem Ergebnis zufrieden gestellt, wandte er sich mit entschlossener Miene zu Raelia und Laerodah:
„Wir haben ja den grundlegenden Plan bereits besprochen..." setzte er an, „gleich dort drüben, nicht weit von uns ist zwischen den Felswänden ein kleiner Spalt. Durch diesen Spalt gelangen wir nach einigen Metern zu einer kleinen Höhle. In dieser Höhle beginnen einige schmale aber auch größer Gänge, die uns zu unserem Ziel bringen werden."
Kurz hielt er in seiner Ansprache inne, wie um sich zu sammeln, dann sprach er weiter:
„Es ist absolut wichtig, dass wir uns leise verhalten. Auch wenn die Überwachung so spärlich ist, wie wir vermuten, kann ich für nichts garantieren. Für den Fall, dass sich doch jemand außer uns in den Höhlen aufhält, müssen wir vorsichtig bleiben."

Raelia und Laerodah nickten bei jedem seiner Sätze stumm. Nachdem er geendet hatte, reichte Raelia ihm eine Taschenlampe und sagte:
„Elero, wir beide finden uns in diesen Gewölben zurecht. Ich schlage vor, du gehst voraus. Laerodah, du gehst am

besten hinter Elero. Lass ihn auf keinen Fall aus den Augen und verliere nicht den Anschluss. Ich werde hinter euch gehen und die Nachhut bilden. Falls wir schnell zurückmüssen, kenne ich den Weg. Dann kannst du dich einfach umdrehen und mir nachlaufen."

Elero und Laerodah stimmten ihrem Vorschlag bedenkenlos zu.
Alle testeten ein letztes Mal die Funktionsfähigkeit der Taschenlampen, dann gingen sie los.
Der Weg, von dem Elero glaubte, dass es der richtige sei, führte an einer steil aufragenden Felswand entlang, an der hier und da kleine Rinnsale herabtropften.
Hier war offenbar seit sehr langer Zeit niemand gewesen, denn dornige Büsche und mannshohe Sträucher überwucherten den Pfad.
So kamen die drei nur Schritt für Schritt voran, jeder neue Meter musste erst von dem dichten Grün befreit werden.

Laerodah hatte Schwierigkeiten, mit Elero Schritt zu halten. Er war so sehr auf den unebenen Waldboden fokussiert, um nicht zu stolpern; man konnte aufgrund des dichten Bewuchses nicht sehen, ob das Gelände neben dem Pfad abschüssig war oder nicht.
Das bedeutete aber, dass ein falscher Schritt einen tiefen Sturz bedeuten könnte...

Doch Elero ging zielstrebig voran, als ob er hier zuhause

wäre. Und so blieb Laerodah nichts übrig, als mit seinem Vordermann mühsam Schritt zu halten.

Schon seltsam, dachte Laerodah. Da vor dir läuft ein Mann, den du bis vor Kurzem noch nie gesehen hast.
Wie oft hast du als Kind eingeschärft bekommen, fremden Menschen gegenüber vorsichtig zu sein.
Und jetzt… laufe ich ihm nach, mitten im Nirgendwo… und ich muss ihm vertrauen…

Und dann war da noch eine Stimme in seinem Kopf…
denk an die Sache, flüsterte sie… du bist hier wegen etwas, das größer ist als du selbst…
wenn dieser Weg zu deinem Ziel führt, ist er es wert, im Dunkeln zu tasten…

Laerodah musste der Stimme Recht geben.
Hier ging es um mehr als…
Beinah wäre er mitten in seinen Gedanken in Elero hineingelaufen, als dieser abrupt stehen blieb.
Er drehte den Kopf über seine rechte Schulter, um Augenkontakt mit seinen Mitstreitern zu suchen und deutete mit einer Handbewegung den Weg entlang, der noch vor ihnen lag.
Auch, wenn hier immer noch Büsche und Sträucher standen, konnten Raelia und Laerodah konnten nun den Spalt zwischen zwei Felswänden sehen, von dem Elero vorhin gesprochen hatte.

Beide nickten zur Bestätigung, dann setzte sich die Gruppe weiter in Bewegung.

Auf den ersten Blick aus der Entfernung wirkte der Durchlass schmal und gefährlich. Laerodah fröstelte innerlich bei dem Gedanken, sich einen Weg, vorbei an scharfkantigen Felsen zu bahnen, mit einem Auge dem sicheren Tod in einer tiefen Schlucht viel zu nah kommend.

Aber je näher sie dem Felsspalt kamen, umso breiter wurde dieser, sodass die Durchquerung schließlich doch kein Problem darstellte.
Bis jetzt konnten sie sich bei ihrer Wanderung auf Tageslicht verlassen, wenn es auch grau und von den Schatten des Berges durchzogen war.
Doch jetzt, als der Durchlass hinter ihnen lag, standen sie vor dem Eingang einer Höhle, auf die der Weg zuführte.
Andere Pfade gab es hier nicht mehr; jetzt ging es nur noch unter Tage weiter.

Laerodah blickte sich zunächst ganz genau um.
An mehreren Stellen oberhalb des Höhleneingangs befanden sich kleinere, wohl im Lauf der Zeit natürlich entstandene Öffnungen; Laerodah konnte aber auf den ersten Blick nicht mehr erkennen, die Löcher im Fels hätten ebenso gut planmäßig angelegt sein können, um den Eingang innen zu erleuchten.

Bis auf den Weg, auf dem sie gekommen waren, gab es tatsächlich noch zwei Weitere, die breit genug waren, dass man sie leicht begehen konnte.

Aber aufgrund des dichten Bewuchses und der Gesteinsformation konnte man erst hier, vor dem Eingang, überhaupt erkennen, dass es diese anderen Wege gab.

Wer sich hier nicht auskannte, musste automatisch das Gefühl bekommen, dass es keinen andren Weg gäbe.

Elero bemerkte Laerodahs irritierte Blicke und erklärte kurz und so leise wie nur möglich, dass diese Wege unter anderem zu weiteren kleinen Höhlen führten, die sozusagen als Geheimgänge beziehungsweise Fluchtkorridore genutzt werden konnten.

Die alten Baumeister, die diese Gänge angelegt hatten (sie waren tatsächlich nicht natürlichen Ursprungs, wie Laerodah zunächst vermutet hatte), waren sehr auf Heimlichkeit und Schutz bedacht.

Nicht nur, dass die Wege so schmal waren, dass nicht zwei Leute nebeneinander darauf gehen konnten; vom Höhleneingang aus waren alle Pfade gut einsehbar, anders als von den Wegen selbst aus.

Diese Art der Anlegung ermöglichte seit alters her eine maximale Kontrolle mit minimalem Aufwand, sowohl optisch als auch akustisch, schloss Elero seine Erklärung.

Und noch während er sprach, verstand Laerodah,

warum sie sich so leise verhalten sollten.

Selbst die geflüsterten Worte von Elero hallten laut von den kalten Steinwänden wieder; ein unvorsichtiger Eindringling, der sich von einem der Pfade aus näherte, musste einem Wachtposten selbst durch das kleinste Geräusch auffallen.

Dieser Platz war wirklich mit Bedacht für einen Eingang gewählt worden…

Laerodah wusste nun nicht, wohin sie gehen sollten, direkt durch den Haupteingang oder einen der Geheimgänge, die es laut Elero ja geben musste.

Er traute sich aber nicht mehr, auch nur den kleinsten Mucks von sich zu geben und sah Elero einfach nur fragend an.

Dieser konnte seinen Blick deuten, nahm die Taschenlampe und leuchtete mit einem Kopfnicken in die Dunkelheit des breiten Ganges.

Laerodah blickte sich um, bis seine Augen Raelias Gesicht fanden.

Sie schaute entschlossen zurück; und in diesem Blick fand Laerodah die Sicherheit, die er bei sich nicht gefunden hatte.

Also gab er Elero ein Zeichen, dass er ihn verstanden hatte, und so gleich setzten sie sich wieder in Bewegung.

Die Wände des Eingangs bildeten ein klaffendes schwarzes Loch, in dem alles Licht nichts zu nützen schien; es

wirkte, als würde der Strahl von Eleros Taschenlampe ein-
gesaugt.

Auch, als sie die in den Fels gehauene Tür hinter sich gebracht hatten, sahen sie vor sich nur einzelne Lichtfetzen
aus den Öffnungen über ihnen, die nur kleine Stellen des
Fußbodens beleuchteten.
Dahinter… Schwärze…

Doch nun gab es kein Zurück mehr, zumal niemand von
ihnen sagen konnte, ob sie verfolgt wurden, ob der Wagen
bereits entdeckt, ob nicht alles umsonst war…

Also gingen sie tiefer und tiefer hinein in den dunklen
Gang, der nur von Eleros Taschenlampe erleuchtet
wurde.

Laerodah hatte seine innere Sicherheit ein Stück weit wie-
dergefunden und fand es nun leichter, mit Elero Schritt zu
halten.
Ab und an gewahrte er hinter sich Raelias Schritte und
ihren schnellen Atem sowie einen tanzenden Lichtstrahl
von ihrer Taschenlampe.
Selbst diese kleinen Dinge halfen ihm, Mut zu finden und
weiter ins Unbekannte zu laufen.

Der Boden unter ihnen war nun zwar recht eben
und fest, aber die fortwährende, alles verschluckende

Dunkelheit machte allen dreien zu schaffen.

Es war so finster in diesem Gang, dass man bis auf den kleinen Kreis des Lichtkegels der Taschenlampe nichts erkennen konnte.

Da Laerodah nicht mal seine eigenen Füße sehen konnte und schon das eine oder andere Mal gestolpert war, ließ er eine Hand an der Höhlenwand entlanggleiten, um so sein Gleichgewicht besser halten zu können.

Inzwischen schien der Stollen endlos.

Je weiter sie liefen, umso kälter wurde ihnen.

Für Raelia und Elero war dies kein Problem.

Sie waren Strapazen und längere Märsche offenbar gewöhnt und kannten außerdem das Terrain. Für Laerodah war dies jedoch anders.

Ihm war kalt und trotz, dass sein Herz nicht mehr so rasch schlug wie am Anfang und trotz, dass er überzeugt war, das Richtige zu tun, machte sich immer mehr Unmut in ihm breit, noch dazu hatte er sein Zeitgefühl verloren.

Er konnte nicht sagen, wie lange sie schon schweigend und ohne Rast durch die Dunkelheit gestapft waren; es gab keinerlei Anhaltspunkt, die vergangene Zeit zu messen; auch konnte er hier die Tageszeit nicht abschätzen.

Raelia schaffte es dagegen, ihre Umgebung auszublenden. Sie konnte ihren Körper während des Gehens wie ein Uhrwerk funktionieren lassen; Dunkelheit und Kälte machten ihr nur wenig zu schaffen, und so konnte sie sich ganz auf das Ziel vor ihnen fokussieren.

Wieder und wieder wog sie alle „Was wäre, wenn…" ihres Vorhabens gegeneinander ab, zumindest, soweit ihr das möglich war.

Sie wussten einfach zu wenig…

Ab und an mischte sich Sorge in ihre Gedanken, wenn sie hörte, wie Laerodahs Schritte unregelmäßig wurden; er war bestimmt gestolpert, ging aber gleich darauf normal weiter.

Respekt, mein Freund, musste sie unwillkürlich denken.

Ja, er war in vieler Hinsicht bemerkenswert, dieser junge Mann, aber körperlich hatte er noch nie viel entgegenzusetzen gehabt.

Umso erstaunlicher war es, dass er diesen strapaziösen Marsch ohne Probleme und ohne die leiseste Beschwerde über sich ergehen ließ.

Dennoch…

Kein Licht. Kein Lufthauch.

Diese Kälte, und ab und an ein fallender Wassertropfen, der auf blanken Stein platschte, was in der Höhle, die wohl ziemlich hoch sein musste, ein Echo erzeugte, das Laerodah jedes Mal vor Schreck zusammenfahren ließ.

Gerade als er sich wieder fragte, wie lang dieser Weg noch sein müsse, bemerkte er, dass sich der Boden unter seinen Füßen veränderte.

Mit einmal wurde das Gehen schwerer, da es offensicht-

lich bergauf ging. Laerodah löste seinen Blick für einen Moment vom Lichtkegel der Taschenlampe und versuchte, in der Ferne vor ihnen etwas zu erkennen.
Tatsächlich glaubte er, vor sich einen schwachen, aber deutlichen Lichteinfall zu erkennen.

Dies konnte, nein, dies musste der Ausgang sein, den sie gesucht hatten.
Zielstrebig gingen sie darauf zu, wobei ihre Schritte mit zunehmender Helligkeit immer schneller wurden, so sehr sehnten sie sich selbst nach dieser relativ kurzen Zeit in absoluter Schwärze, wieder ans Tageslicht zu gelangen.

Schließlich, endlich, standen sie an der Öffnung im Fels, durch die Helligkeit ins Innere der Höhle strömte; wenig nur, doch genug, um alle drei nach überstandener Dunkelheit blinzeln zu lassen.

Elero gab mit wenigen Gesten zu verstehen, dass er zunächst allein die umliegende Umgebung überprüfen wollte.

Raelia und Laerodah blieben in der Zwischenzeit noch innerhalb der Höhle und warteten darauf, dass Elero schnell zurückkehren würde.
Lange blieb er nicht fort und als er wiederkehrte, musste er nichts sagen; seine beiden Begleiter sahen an seinem entspannten Gesichtsausdruck und dem zufriedenen Lä-

cheln, dass sie keine Überraschung zu erwarten hatten:
die Luft war rein...
Und so wagten auch Raelia und Laerodah den Weg ins
Freie…

Elero lotste sie zu einem dicht verwachsenen Gebüsch,
welches sich direkt an einem Felsvorsprung befand.
Dann sagte er die ersten Worte, die einer von ihnen seit einer gefühlten Ewigkeit gesprochen hatte:
„Hier stehen wir gut geschützt vor anderen Blicken."

„Und die Sicht für uns ist auch optimal", stimmte Raelia
ihm zu und nahm ein Fernglas aus ihrer kleinen Umhängetasche.

Laerodah hockte sich hinter das Gebüsch in der Hoffnung, dass es ihm Schutz vor fremden Blicken böte, wer
auch immer hier in dieser menschenleeren Gegend ein
Auge auf ihn haben könnte.
Er blickte mit scharfen Augen durch die Äste über die
weite, baumlose Ebene, die sich entlang des Bergmassivs
unter ihnen erstreckte.
Mit bloßem Auge konnte er zwei staubgraue Bänder entdecken; Straßen, die sich in einiger Entfernung schnurge-
rade und parallel zueinander über eine weite Kiesfläche
zogen.
Sie führten auf einen Gebäudekomplex zu, von dem er
nur vage Umrisse erkennen konnte.

Zwischen diesen beiden Straßen standen in regelmäßigen Abständen flache, umzäunte Gebäude.

Es war zwar schwer zu erkennen, aber mit zusammen gekniffenen Augen konnte Laerodah erahnen, dass sich an jeder dieser Hütte zwei Wachen aufhielten.
Zur Bestätigung sagte Raelia, die ihr Fernglas die ganze Zeit nicht absetzte:
„An den Flachbauten stehen je zwei Wachen und direkt am Hauptgebäude sehe ich vier; ob das alle sind, weiß ich nicht. Elero, bitte schau dir das an. Das war so nicht geplant… ihr habt gesagt, das Gelände wäre kaum bewacht?"

Laerodah wurde bei diesen Worten hellhörig und schaute fragend zwischen Raelia und Elero hin und her.
Letzterer griff mit starrer Miene nach Raelias Fernglas, um sich selbst ein Bild zu machen.
„Scheint, als hätten Meldor und ich Recht gehabt…"

„Moment mal", rief Raelia ungeachtet der Situation so laut, dass Laerodah zusammenzuckte und unwillkürlich Ausschau hielt, ob die Wachen in ihre Richtung blickten, „ihr wusstet das? Wir haben es anders geplant!"
Elero entgegnete ruhig:
„Meldor und ich sprachen über die Ausschreitungen in den großen Städten, die seit einiger Zeit um sich greifen.

Wir nehmen an, dass die Weltordnung all ihre Ressourcen nutzen muss, um diese Aufstände zu zerschlagen oder zumindest einzudämmen. Und ja, solche Revolten machen den Herrschenden Angst. Also ist es ganz normal, dass wichtige Objekte stärker bewacht werden. Wir haben von vornherein gesagt, dass es möglich sein kann, dass die Bewachung gering ist und ich glaube auch, dass wir nicht mehr Wachen zu erwarten haben. Sieh genau hin! Wie viele Leute werden das da unten sein? Zehn? Zwölf? Die stellen kein Problem dar, wenn wir leise und schnell sind."

Nach diesen Worten schaute Raelia nochmal selbst durch das Vergrößerungsglas.
„Stimmt", sagte sie, die Ränder des Fernglases so fest umklammernd, dass ihre Finger weiß wurden, „ich sehe nicht mehr…"; sie setzte ab und ihre Augen flackerten unruhig.

„Das ist es!", rief sie aus, unfähig, ihre Euphorie zu bremsen, „JETZT ist unsere Chance! Das Herz der Weltordnung ist kaum bewacht… Wir müssen handeln, wenn… "
Doch Elero schnitt ihr das Wort ab:
„Nein! Auf keinen Fall! Wir haben weder eine Ausrüstung noch einen richtigen Plan. Sieh dir das Gelände an; wenn wir jetzt losrennen, sieht man uns und unsere Staubwolke meilenweit!"

Raelia ließ sich aber von seinen Worten nicht beeindrucken:
„Sollen wir hier hocken bleiben? Eine solche Geleg…"

Während die beiden argumentierten, hatte sich Laerodah das Fernglas geschnappt und die Umgebung weiter im Auge behalten; gut möglich, dass jemand da unten den nicht sehr leisen Wortwechsel mitbekommen hatte… plötzlich… er sah gerade nochmal in Richtung des Hauptgebäudes, als sich dort ein Tumult abzuspielen schien. Zumindest wurde dort viel Staub aufgewirbelt und die nahestehenden Wachtposten rannten hektisch auf das Gebäude zu.

Laerodah flüsterte aufgeregt mitten in die Diskussion seiner Begleiter hinein:
„Seid leise und hört auf zu diskutieren! Seht mal! Irgendwas passiert da unten."

Erschrocken drehten sich Raelia und Elero zeitgleich zum Geschehen.
Elero nahm Laerodah das Fernglas aus der Hand und presste es sich an die Augen.
„Laerodah hat Recht", sagte er mit vibrierender Stimme, „die Wachen rund um das Gebäude steuern den Haupteingang an", sagte er mit vibrierender Stimme.

Raelia entriss ihm das Gerät und spähte hindurch:

„Da! Das Licht der Haupthalle ist plötzlich erloschen."

Alle drei erstarrten und blickten erwartungsvoll in Richtung des Gebäudes.

Mit einem Mal ging dort unten alles ganz schnell.
Die großen Türen der Eingangshalle flogen mit einem lauten Knall auf und fünf Personen stürmten auf die Wachen zu. Die Neuankömmlinge trugen andere Kleidung als die Kontrollposten und Raelia konnte auch erkennen, dass sie keine Waffen trugen.
Da die Wachen von der Situation offensichtlich überrascht waren, hatten sie keine Chance gegen die Fremden.
Sie waren schnell und nach einem kurzen Handgemenge entwaffnet.
Einer der fremden Männer winkte mit ausgestrecktem Arm in Richtung des Gebäudes.
Und plötzlich stürmte eine ganze Masse von Leuten aus dem Gebäude.
Die Wachen an den anderen Hütten entlang der Straße schienen zunächst unschlüssig, ob sie ihre Posten verlassen und Unterstützung leisten sollten, aber bald schon rückten mit Maschinengewehren in Richtung des Hauptgebäudes vor.
Einer der Flüchtenden stieß einen lauten Schrei aus.
Die Felswände in der Nähe des Gebäudes reflektierten den Ruf, sodass Laerodah meinte, deutlich:
„Schnell! Zu den Höhlen!" verstehen zu können.

Und all die Menschen rannten mit einmal in Richtung des Gebirges.

Die Wachen scheuten sich nun nicht mehr von ihren Waffen Gebrauch zu machen und feuerten in die Menge, woraufhin Panik ausbrach und sich die Menschen weiter verteilten.
Das absolute Chaos war ausgebrochen.
Elero packte Raelia und Laerodah am Arm und zog sie vom Gebüsch fort.
„Lauft! Raelia! Du voran! Wir müssen so schnell es nur geht zurück zum Wagen."

Noch sichtlich benommen von dem Tumult und ohne dass sie im ersten Moment verstand, was grade vor sich ging, antwortete sie:
„Verstanden!
Laerodah, bleib dicht hinter mir. Beeilung jetzt!"
Laerodah blickte erst fragend zu Elero.
Aber dieser beachtete ihn gar nicht mehr, sondern hatte plötzlich aus dem Nichts heraus eine Waffe aus seinem Hosenbein hervorgezogen und warf Raelia die Taschenlampe zu.
Ohne Laerodah anzusehen, rief er:
„Hör auf sie Junge! Ich komme schon hinterher."

Raelia rannte los und Laerodah, der in jedem anderen Moment seines Lebens über die Bezeichnung „Junge" irritiert gewesen wäre, folgte ihr mechanisch.

Er verstand immer noch nicht, was hier gerade passierte, war sich aber mehr als bewusst, dass sie sich in höchster Gefahr befanden.

Sie erreichten die Höhle und den dunklen Gang, von dem sie gekommen waren, sehr schnell.

Dieses Mal ging es abwärts, was ihre Flucht einfacher machte, auch, wenn man immer noch nicht viel sehen konnte.

Was Laerodah im schwachen Lichtschimmer der Taschenlampe ausmachen konnte, waren Einmündungen von Seitengängen, die auf die Haupthöhle stießen; schwarze, klaffende Münder am Rand des Weges, die er nicht wahrgenommen hatte, als er auf dem Hinweg nur auf Elero fixiert war und den Blick nicht nach links und rechts gewandt hatte.

Laerodah war bei diesem Anblick froh, dass Raelia vorausging. Denn ohne sie und dann auch noch in Panik hätte er sich hier unten schon längst verlaufen.

Plötzlich rief sie ihm über die Schulter zu:

„Es ist nicht mehr weit. Komm schon, Laerodah!",

woraufhin sie nochmals ihren Schritt beschleunigte.

Laerodah hörte nichts als die Tritte seiner Füße und die Schläge seines Herzens, von denen er glaubte, dass sie seien Schritte sogar noch übertönen müssten, als kurz vor ihnen plötzlich eine laute Stimme ertönte:

„Achtung!"

Raelia hatte es auch gehört und hielt in der Bewegung inne. Sie starrte für einen Augenblick reglos in die Dunkelheit; doch eben diese Schrecksekunde reichte für den immer
mer größer werdenden Schatten, der aus einem Seiten-
gang herausrauschte und mit ihr zusammenstieß.

Sie schrie und fiel zu Boden, rappelte sich aber schnell
wieder.
Laerodah tastete nach ihr und versuchte, ihr zu helfen,
doch sie richtete sich ruckartig wieder auf.
Er hob die Taschenlampe auf, die Raelia bei dem Zusam-
menprall hatte fallen lassen, und richtete ihren Strahl auf
den, wie er vermutete, Angreifer.
Dieser hatte Mühe wieder auf die Beine zu kommen und
klopfte sich zunächst den Staub von der Kleidung, als er
wieder aufrecht stand.

Laerodah brauchte einen Moment, den Mann zu erkennen. Nicht, weil das Licht nicht gereicht hätte, sondern,
weil er ihn als Letzten von allen Menschen dieser Welt
hier vermutet hätte…
„Jahrso?! Was?! Wie um all…?"
Der alte Mann richtete vor Schreck geweitete Augen
auf Laerodah, als er seinen Namen vernahm.
„Junge?! Bei allem was mir heilig ist, aber…"
Völlig perplex standen die zwei sich gegenüber, vor

Schreck unfähig, einen Muskel zu bewegen.

Raelia unterbrach die Situation und riss die Männer aus ihrer Schockstarre:

„Erklärungen müssen warten. Wir müssen immer noch hier weg!"

Laerodah riss den Blick von Jahrsoh los und sah Raelia an, immer noch regungslos, als plötzlich schnelle Schritte näherkamen und Eleros Stimme zu hören war:

„Los jetzt! Wir müssen weiter!"

Das war der letzte Ansporn, den Laerodah benötigte.

Er setzte sich in Bewegung; Raelia und Jahrsoh folgten seinem Beispiel.

Von dem Ort des Zusammentreffens war es kein weiter Weg mehr zu der Stelle, an der sie die Höhle betreten hatten.

Sofern Laerodah das beurteilen konnte, wirkte dieser Ort zumindest auf den ersten Blick einigermaßen sicher.

Er drehte sich noch einmal in Richtung der Höhle und horchte.

Keine Schritte, keine Rufe kamen aus der Dunkelheit; sie schienen nicht verfolgt worden zu sein… aber trotzdem war die Angst das alles beherrschende Gefühl in ihm.

Als alle die Höhle verlassen hatten, blickten sie sich wortlos an. Und wie auf ein geheimes Zeichen hin rannten sie wieder weiter, in Richtung des Wagens.

Kaum angekommen, befreite Elero das Fahrzeug von dem

zurückgelassenen Dickicht.
Raelia versuchte, zu Atem zu kommen.

Das Erste, was sie tat, als sie nicht mehr keuchte, war Jahr-
soh auf Waffen abzutasten.
Laerodah sah das und sagte:
„Wir müssen ihn mitnehmen. Jahrso ist ein Freund."
Und um den irritierten Blick, mit dem sie ihn auf diesen
Satz hin bedachte, zu entschärfen:
„Vertrau mir, bitte."

Sie schaute von ihm zu Jahrso und erwiderte:
„Jahrso… dann hoffe ich auf eine verdammt gute
Erklärung…"

# Kapitel 5
# Magische Rückkehr

Elero riss die Tür des Wagens auf, startete den Motor und rief seinen Begleitern, die immer noch halb ratlos, halb panisch um das Fahrzeug herumliefen und kleine Zweige wegfegten, aus dem Fenster zu: „Steigt schon ein! Wir haben keine Zeit!"; das zeigte die gewünschte Wirkung, alle drei hielten wie ferngesteuert in ihren Bewegungen inne, drehten sich um und stiegen blitzschnell ein.

Als sie saßen, sagte Elero:
„Raelia, wir brauchen unbedingt einen sicheren Unterschlupf für mindestens zwei oder drei Tage. Wir können jetzt unmöglich direkt zum Widerstand zurückkehren. Denn sonst würde genau das eintreten, was Meldor befürchtete. Wir würden die Weltordnung direkt vor die Tore des Widerstandes führen; auch, wenn hier gerade niemand weiter zu sehen ist, weiß ich nicht, ob wir beobachtet oder verfolgt werden."

Raelia pflichtete ihm bei und sie ergingen sich in den nächsten Minuten in Details über das weitere Vorgehen, während der Wagen schon Fahrt aufgenommen und die Bäume immer schneller am Fenster vorbeizogen.

Laerodah hatte sich erst bemüht, zuzuhören, aber sein rasendes Herz und sein sich überschlagender Verstand verhinderten, dass er dem Gespräch folgen konnte.
Er zwang sich zur Ruhe und bemerkte an sich, wie viel

Willenskraft es von ihm erforderte, einerseits den neben ihm sitzenden und zumindest äußerlich zutiefst entspannt wirkenden Jahrsoh mit hundert Fragen auf einmal zu bestürmen, andererseits Raelia oder Elero nicht anzubrüllen.

Sie redeten miteinander, als ob da gerade überhaupt nichts passiert wäre! Sie hätten gefangen genommen... verdammt, sie hätten sterben können, und alles, woran dieser Kerl da Vorne denken konnte, waren ein Bett und ein Dach überm Kopf?

Beruhige dich doch, flüsterte die mittlerweile altbekannte Stimme in seinem Kopf... was sollte er sonst tun?

Natürlich denkt er weiter, natürlich plant er den nächsten Schritt; und ja, Elero hat mehr Erfahrung mit solchen Situationen, es ist für ihn vielleicht normal, auf der Flucht zu sein.

Wäre es dir lieber, er wäre genauso panisch und aufgeregt wie du? Was wäre er dann für eine Hilfe?

Während dieser Überlegungen, die nicht aus ihm selbst zu kommen schienen und doch sein tiefstes Inneres ausfüllten, fühlte Laerodah, wie sein Herzschlag ruhiger und sein Atem flacher wurde.

Die schlimmste Panik war vergangen und er bemühte sich, ebenso rational zu überlegen wie die beiden im vorderen Teil des Wagens.

Er sah Jahrsoh noch einmal an.

114

Die Gemütsruhe, die der alte Mann auszustrahlen schien, hielt einem zweiten Blick nicht stand; seine Hände zitterten, seine Augenlider flackerten und er atmete sehr schnell.

Laerodah berührte seine Schulter und Jahrsoh blickte ihn aus dem Augenwinkel an.

Laerodah schaffte es, ein Lächeln aufzusetzen, das, so hoffte er, einen Funken Hoffnung schenken konnte.

Und wirklich: Jahrsoh lächelte ebenfalls ganz leicht, atmete tief ein, legte den Kopf in den Nacken und schloss die Augen.

Vielleicht hatte es geholfen, dachte Laerodah, vielleicht kann er auch ein wenig Ruhe finden...

Als er sicher war, dass Jahrsoh seine Unruhe wenigstens etwas in den Griff bekommen zu haben schien, blickte er wieder aus dem Fenster des Wagens und zwang sich, langsam und tief zu atmen.

Die Gleichmäßigkeit des Hebens und Senkens seiner Brust hatte mit der Zeit etwas Meditatives an sich und er spürte, wie sein Herz zur Ruhe kam.

Jedoch blieben die rasenden Gedanken, die ihn schwindeln ließen, so schnell wechselte einer den anderen ab.

Wohin jetzt?

Ist alles vorbei?

Wieso ist Jahrsoh hier?

Will ich wirklich weitermachen?

Habe ich versagt?

Mit einmal wurde Laerodah von einem starken Gefühl der Hoffnungslosigkeit gepackt.

Er war ohnmächtig, so war es doch in Wirklichkeit.

Mach dir nichts vor, hörte er es in sich; diese Weltordnung steht dir im Weg, und du kleine Leuchte kannst da überhaupt nichts ausrichten.

Was willst du machen, ohne Armee, ohne Ahnung, wie es weitergehen soll, nur mit zwei Begleitern und einem alten Mann.

Er wollte diese Stimme zum Schweigen bringen.

Es durfte nicht so sein, aber er war so hilflos.

Und das machte ihn wütend, mehr und mehr, mit jedem Atemzug wuchs ein heißer Knoten in ihm, fraß mehr und mehr seiner Gedanken und seiner Kraft... bis...

Bis die Zeit stehenblieb... und Laerodah schien hinter die Welt zu tauchen...

Alles um ihn herum war starr und in ein fahles Licht getaucht. Er nahm jede Bewegung des Wagens wie in Zeitlupe wahr und er konnte keinen Muskel bewegen, er war wie festgefroren, ohne Kontrolle über seinen Körper.

Laerodah versuchte, dieses Gefühl einzuordnen; es war keine Angst, die er fühlte; ihm war innerlich weder warm noch kalt, alles schien einfach nur weit, weit weg. Ihm war, als würde er der Welt entrücken, als entfernte sich alles um ihn her immer weiter, bis alles ausgeblendet wäre und um ihn her nichts mehr, nur noch...und kurz bevor er fühlte, dass er endgültig innerlich verschwand und sich in Nichts auflöste, spürte er eine Hand auf seiner Schulter.

Er schaffte es mit einer Anstrengung, die sich fast unmenschlich anfühlte, den Kopf zu drehen, in Richtung von Jahrsoh, der so langsam blinzelte, dass jeder Lidschlag ein Jahrzehnt zu dauern schien.

Laerodah sah auf seine Schulter, wo er die Berührung fühlte... aber da war keine Hand.

In jedem anderen Moment seines Lebens hätte diese Erkenntnis Angst in ihm aufsteigen lassen.

Aber Laerodah musste lächeln: Gefühle wie Angst hatten absolut keine Bedeutung.

Alles, was in diesem Moment wichtig war, war die Berührung, die sein ganzes Bewusstsein mit einem tiefen Gefühl der Sorglosigkeit und Entspannung erfüllte.

Es gab in ihm Augenblick keine Panik, keine schlechten Gefühle, nur diese wohlige Ruhe, der er sich, immer noch außerhalb der Zeit, wie es schien, vollkommen hingab.

Nichts als Ruhe...

Und...eine Stimme?

Ganz, ganz leise vernahm er plötzlich eine Stimme, die er nicht zuordnen konnte; sie gehörte zu niemandem, den er kannte. Aber sie flüsterte. Nein, sie rief.

Rief seinen Namen.

Laerodah fühlte es, nahm es wahr, dass er von woher auch immer angesprochen wurde.

Aber er konnte nicht sagen, ob er nicht in der Lage war, zu antworten, oder ob er nicht antworten wollte.

Er ließ die Rufe einfach über sich ergehen, aber die hörten nicht auf, wurden lauter und lauter, bis schließlich ein Ruf wie Donner durch sein ganzes Inneres hallte:

„Laerodah!"

Nun verwundert darüber, wer nach ihm rief, versuchte er, sich aus seinem Zustand zu befreien.

Er schüttelte den Kopf, rieb sich die Augen und fragte, etwas lauter als er es beabsichtigt hatte zu den anderen im Wagen:

„Was ist denn?!"

Raelia drehte sich erschrocken und verwirrt zu Laerodah um. Er sah sie immer noch wie alles Andere um sich her in diesem fahlen Licht. Ihre Bewegung war so unendlich langsam und es schien ewig zu dauern, bis ihre Augen seine trafen.

„Wie, was ist?" fragte sie; ihre Stimme drang zu ihm wie von unter der Wasseroberfläche.

„Hast du nicht nach mir gerufen?" entgegnete er ihr.

„Nein. Keiner von uns hat etwas gesagt. Ich dachte, du wärst eingeschlafen so wie Jahrso.", antwortete sie.

Laerodah war verwirrt und schaute sich um.

Das fahle Licht hatte seine ganze Aufmerksamkeit beansprucht und so hatte er gar nicht bemerkt, dass die Welt

außerhalb des Wagens schon in Dunkelheit gehüllt war; sie waren bis zum Einbruch der Nacht gefahren.
Das hieß, dass sie bestimmt schon ein gutes Stück vorangekommen sein musste.

Fragend blickte er zu Jahrsoh, der tatsächlich immer noch tief und fest schlief.
Als Laerodah wieder etwas sagen wollte, hörte er abermals diese Stimme, die in den Tiefen seines Bewusstseins nach ihm rief. Diesmal aber war sie alles andere als leise.

Die Stimme hallte durch seinen Kopf, nahm mit jedem Mal an Lautstärke zu und sagte immer und immer wieder dasselbe:
„Fahrt nach Osten!"
Der Satz wiederholte sich, hallte in seinen Ohren, hämmerte gegen seine Schläfen. Allmählich war es für Laerodah kaum noch auszuhalten.
Er versuchte, sich die Ohren zuzuhalten, in der Hoffnung, dass es aufhöre.
Doch die Stimme kannte kein Erbarmen.
„Fahrt nach Osten und wartet an der Hütte!"
Raelia beobachtete die Gesichtszüge des Freundes.
Sie sah ihm an, dass etwas in ihm tobte;

seine Augenlider flackerten, seine Hände waren gegen seine Ohren gepresst, sein Gesicht verzog sich mehr und mehr zu einer schmerzverzerrten Grimasse.

Raelia machte sich zunehmend Sorgen.

Schließlich hielt sie es nicht mehr aus, packte Laerodahs Hände und sprach beruhigend auf ihn ein.

„Laerodah! Bitte beruhige dich! Was ist los?!"

Elero spähte von seinem Fahrersitz nach hinten, doch ein strenger Blick von Raelia genügte und er konzentrierte sich wieder auf die Straße.

Er reagierte nicht und sie versuchte es nochmal:

„Laerodah! Sprich mit mir!"

Sie konnte nicht wissen, was ihre Berührung in Laerodah auslöste. Aber sie warf ihn wieder in die Welt zurück...

Wenn er später dazu gefragt wurde, beschrieb er das Gefühl dieses Augenblicks mit einem Emporgezogen-Werden.

Als ob er ein Seil hielt, mit dem er unwirklich schnell an die Meeresoberfläche gerissen würde, unter der er eine gefühlte Ewigkeit gelegen haben musste.

Sein Herz fing an zu rasen, wie auch die Welt um ihn her wieder ihre gewohnte Geschwindigkeit aufnahm; für einen Moment wirkte es, als wollte sie die verlorene Zeit aufholen und alles, was um ihn geschah, begann für wenige Augenblicke rasend schnell auf ihn einzustürmen; eine grüne, verschwommene Wand neben ihm, Raelias blitzschnelle Kopfbewegungen, die Kurven, die Elero durchfuhr, wirkten, als ob sie sich mit Schallgeschwindigkeit darauf zu bewegten…

Doch all das währte nur für den Bruchteil einer Sekunde und plötzlich war alles wieder normal… und Laerodah wieder ganz ruhig, als hätte die unsichtbare Hand von vorhin sich auf sein Herz gelegt und alle Panik der letzten Augenblicke weggewischt.

Er spürte Raelias Hand in seiner und blickte in ihr von Angst gezeichnetes Gesicht.
Ohne begriffen zu haben, oder in Worte fassen zu können, was ihm grade widerfahren war, sagte er noch leicht außer Atem:
„Nach Osten. Wir müssen weiter Richtung Osten.
Dort soll irgendwo eine Hütte kommen."

Raelia verstand gar nichts mehr. Völlig sprachlos blickte sie Laerodah in die Augen.

„Raelia, ich kann jetzt unmöglich beschreiben was gerade passiert ist oder woher ich das weiß", sagte er, um sich zu erklären, „aber ich spüre, dass das richtig und dringend ist und mein Gefühl bekräftigt mich darin. Bitte vertrau mir."

Er schaute nun zu Elero, der das Geschehen nur halb mitbekam.
„Wir fahren schon eine ganze Weile in Richtung Osten.", sagte der und suchte im Rückspiegel Laerodahs Blick, „Wir sind hier aber mitten im Nirgendwo. Wo sollte

hier irgendwo etwas sein? Der einzige Grund, warum wir hier entlang fahren ist, um Zeit zu gewinnen. Wir haben immer noch keinen Unterschlupf. Und ein guter Plan ist bis jetzt auch noch nicht zustande gekommen."

Laerodah versuchte nochmals den beiden seiner Dringlichkeit Nachdruck zu verleihen.
„Ich weiß es auch nicht; also, ich weiß es schon, aber nicht, woher… das hört sich verrückt an, ich weiß. Aber irgendwo hier sollte eine Hütte auftauchen, wenn wir dieser Strecke einfach folgen."

Raelia war nach wie vor besorgt um Laerodah; sie spürte, dass er etwas verheimlichte, und wenn sie etwas auf den Tod nicht ausstehen konnte, waren das Geheimnisse unter Freunden; sie wollte Antworten, und zwar sofort.
Aber noch bevor sie ihn mit harten Worten zu einer Erklärung auffordern konnte, stieß Elero einen Ausruf der Überraschung aus:
„Das glaub ich jetzt nicht! Seht ihr das?!"

Nur wenige Meter vor ihnen, zweigte eine schmale Seitenstraße ab, nicht mehr als eine Einfahrt.
Elero fuhr langsamer, um sie einsehen zu können.
Und wirklich: keine zehn Meter von der Straße entfernt stand auf einer kleinen Lichtung eine unscheinbare Holzhütte.
„Das muss sie sein!", rief Laerodah enthusiastisch.

Elero bremste und fuhr die Auffahrt hinauf.

Dann stoppte er den Wagen und drehte sich zu Laerodah um:

„Ich habe bei besten Willen keine Erklärung, wie du hier, mitten im Nirgendwo, wissen konntest, dass da eine Hütte steht. Aber beim Schicksal! Am besten, wir halten hier, was Besseres finden wir mutmaßlich nicht."

Kurz sah er Laerodah an, wie um sich zu vergewissern, dann flüsterte er:

„Wenn das eine Falle ist…"

Laerodah schüttelte vehement den Kopf; Elero ließ es dabei bewenden und stieg aus.

„Alles ok mit dir?! Was war das gerade?" fragte Raelia, noch immer besorgt.

Laerodah überlegte, wie er ihr erklären sollte, doch fand er nicht die richtigen Worte für das, was er da gerade erlebt und gespürt hatte.

„Ich wünschte, ich hätte Worte dafür, aber ich kann es nicht erklären. Ich habe eine Stimme gehört,";

und als Raelias Augenbrauen nach oben schnellten, schob er schnell nach: „Bitte vertrau mir! Oder besser gesagt, vertrau auf mein Bauchgefühl. Du kennst mich! Ich habe noch nie solche Momente gehabt… ich bin nicht verückt!"

Raelia gab sich zunächst geschlagen und fragte nicht weiter nach. Aber Laerodah konnte sehen, wie es hinter ihrer

Stirn arbeitete.

Elero kam zurück; er hatte die Hütte umrundet und sich einen Überblick über die Umgebung verschafft.

Jetzt stieg er wieder ein, startete den Motor, steuerte den Wagen um die Hütte herum und kam auf deren Rückseite zum Stehen.

„Reine Vorsichtsmaßnahme. Hier kann man unseren Wagen von der Straße aus nicht sehen.", erklärte er.

Raelia atmete tief ein und sagte:

„Nun gut. Schauen wir uns um. Mit ein bisschen Glück ist das Haus nicht verschlossen." Und mit einem Seitenblick in Laerodahs Augen ergänzte sie: „Was auch immer der Grund unseres Aufenthalts hier ist, wir sollten wenigstens versuchen, das Beste daraus zu machen."

Laerodah wollte grade eine Frage stellen, als er Jahrsoh erblickte, der noch immer tief und fest schlief und von den Geschehnissen der letzten Minuten nichts mitbekommen hatte.

„Lasst ihn noch schlafen", sagte Raelia, die den alten Mann ebenfalls betrachtete, „nach allem, was er wahrscheinlich durchmachen musste, hat er es bestimmt bitter nötig."

Sie stiegen vorsichtig aus dem Fahrzeug, darauf bedacht, so wenig Geräusche wie nur möglich zu verursachen.

Als sie die Türen so leise wie möglich geschlossen hatten, begannen sie, die Hütte von außen zu erkunden. Vielleicht gab es einen Eingang, den sie auf den ersten Blick noch nicht gefunden hatten.

Das Gebäude war nicht sehr groß, hatte an den zwei Längsseiten je ein verdrecktes Fenster und ein flaches Dach mit einem baufälligen Schornstein; an der Ostseite befand sich eine massive Tür.
Ein Holzverschlag lehnte an der dem Wald zugewandten Seite; jemand hatte vor Jahren hier einen Brennholzvorrat angelegt, der jedoch von Spinnweben überzogen war.

Von der Hütte aus führte ein Trampelpfad zum Saum des Waldes. Dort, wo die ersten Bäume standen, konnte Laerodah die Überreste eines Zauns erkennen.
Offenbar war hier schon lange niemand mehr gewesen, geschweige denn zuhause.

Er drehte sich seufzend zur Hütte zurück als Elero auf ihn zukam und sagte:
„Die Tür an der Seite der Hütte ist einen Spalt breit geöffnet, von der Straße aus nicht zu sehen. Nirgendwo auch nur das kleinste Geräusch, in der Hütte keine Fußabdrücke, keine komischen Gerüche, nichts; hier war seit Ewigkeiten niemand. Ich denke, wir können beruhigt hineingehen. Vielleicht stellt sich diese Hütte als genau der Unterschlupf heraus, den wir benötigen."

Laerodah nickte und folgte ihm. Raelia stand an der Tür, die Hand um den Griff ihrer Taschenlampe geklammert. Offenbar war sie bereit, das Gerät als Waffe zu benutzen, falls ihnen doch noch etwas Unvorhergesehenes geschah.

Vorsichtig schoben sie die Tür knarzend auf und traten ein. Staubflocken wirbelten auf, als die Luft im Eingangsbereich zum ersten Mal seit langer Zeit bewegt wurde. Von hinter ihnen und durch die Fenster drang fahles Licht in das Zimmer; es genügte gerade so, um alles erkennen zu können.

„Wir sollten kein Licht riskieren um unbemerkt zu bleiben", flüsterte Raelia, „das Mondlicht muss uns wohl genügen."

Sie schauten sich in der Hütte ausgiebig um und so wie sie es vermuteten, war diese Hütte schon seit langer Zeit verlassen.
Keine Bilder an den Wänden.
Kaum Möbel oder Einrichtungsgegenstände, lediglich ein kleiner Tisch und zwei in die Jahre gekommene Stühle befanden sich im Hauptraum der Hütte.

„Es hat tatsächlich den Anschein, als meine das Schicksal es gut mit uns" sagte Elero mit sichtlicher Erleichterung in der Stimme und setzte sich auf einen der Stühle.
Laerodah konnte es noch immer nicht fassen…

eben noch hatte er diese Stimme gehört und nun standen sie alle hier, in einer verlassenen Hütte, die scheinbar nur auf sie gewartet hatte.

Es war ihm ein Rätsel; es war zu einfach.
Als ob irgendjemand sie beobachten und lenken würde… als ob jemand darauf gewartet, darauf hingearbeitet hätte, dass sie genau in diesem Moment genau an diesen Ort kommen sollten. Jemand, oder…
Unweigerlich fragte Laerodah sich, ob es vielleicht das Sein selbst war, das zu ihm sprach.
Ob dieselbe Kraft, Wesenheit, was auch immer, die damals in der Bibliothek durch die Noten zu ihm gesprochen hatte, die Kraft, die die Zeit anzuhalten schien, als er im Raum der Hüter seine Geschichte niederschrieb… war sie auch hier aktiv? Konnte sie Geschicke, Empfindungen, Schicksale lenken?
Hatte sie Macht über die Zeit? Und über Menschen?

Doch was immer es gewesen sein mochte: er spürte mehr als je zuvor, dass dies der richtige Weg war… und dass es gut war; er konnte gar nicht anders als hier zu sein.
Laerodah wusste instinktiv, dass er es spüren würde, wenn er von diesem Weg abkäme.
Diese Kraft war seine Richtschnur geworden; sie führte ihn mit unsichtbarer Hand hin zu was auch immer in ihrer Absicht lag.
War er also nur ein Werkzeug? Eine Marionette?

Nein, er war… vielleicht ein Medium?

Er wusste es nicht.

Alles, was er wusste, war: Es musste sein…

Raelia bewegte sich noch immer misstrauisch durch die Hütte, spähte in jeden Winkel, zuckte bei jedem Geräusch zusammen. Sie blieb vor einem Fenster stehen und spähte hinaus; von ihrem Standpunkt aus konnte sie die Straße hinter der Auffahrt gut einsehen.

„Laerodah?", fragte sie mit beiläufigem Ton, als ob sie die Antwort nicht wirklich interessieren würde, „du meintest, du könntest nicht erklären, was da passiert ist und ich solle dir vertrauen… aber weißt du… in dem Zustand, in dem ich dich vorhin erlebt habe, dieser… was war das? Ein Anfall? So etwas habe ich noch nie erlebt und dich so zu sehen hat mir mehr als Angst gemacht." Mit diesen Worten drehte sie sich um und blickte Laerodah direkt ins Gesicht.

Laerodah hörte ihr aufmerksam zu.

Er wollte ihr antworten, doch sie ließ ihn nicht zu Wort kommen und sprach mit zittriger Stimme weiter:

„Es gibt vieles, was wir noch nicht verstehen. Ich glaubte zu wissen, in welche Gefahr wir uns begeben. In welche Gefahr du dich begeben würdest. Aber hatte ich keine Vorstellung davon was genau alles passieren kann… wenn ich das gewusst hätte, ich…"

Sie holte tief Luft und Laerodah vernahm ein ganz leises Schluchzen.

Er versuchte ihr Gesicht im Halbdunkeln zu erkennen.

„Tränen?!", dachte er, als er das Funkeln des Mondlichtes auf ihren Wangen sehen konnte, das sich in kleinen perlenartigen Punkten spiegelte.

Besorgt ging er einen Schritt auf sie zu.

„Raelia?"

Mit einer plötzlichen Bewegung trat sie direkt an Laerodah heran und warf ihre Arme um ihn.

Nun konnte sie endgültig ihre Tränen nicht mehr zurückhalten.

„Pass auf dich auf! Bitte pass auf dich auf und verdammt noch mal! Jage mir nie! Nie wieder so einen Schreck ein. Bitte rede mit mir! Ich kann einfach nicht ertragen, dabei zuzusehen, wie dir etwas zustößt. Ich will es mir nicht mal vorstellen…ich will…"

Sie bremste ihren Redefluss und wählte ihre Worte nun mit Bedacht.

„Ich will dich nicht verlieren!"; daraufhin hielt sie ihn weiter fest umklammert und sagte nichts mehr; sie schluchzte nur noch halblaut in seine Schulter hinein.


Laerodah war sich ihrer Sorgen bisher nicht bewusst; trotz all der Jahre, in denen er Raelia kannte, mochte, trotz all der Zeit innigster Freundschaft wurde ihm erst in diesem Moment wirklich klar, wie viel er ihr bedeutete.

Nicht nur, was sie da gerade gesagt hatte, auch, wie sie es gesagt hatte; so einen Ausbruch hatte er noch nie von ihr erlebt. So also fühlte sie…

Laerodah legte nun ebenfalls seine Arme behutsam um sie und ließ sie nicht los. Keiner der beiden rührte sich in diesem endlos scheinenden Moment… mitten in jahrelang angesammeltem Staub, der im Mondlicht tanzte, standen sie in einem wildfremden Haus und ließen einander nicht los.

Allmählich spürte Laerodah, wie sich Raelias Herzschlag beruhigte. Mit sanfter Stimme sprach er auf sie ein:
„Ich bleib bei dir, egal, was passiert…
und versprochen, ich passe auf, wirklich…"
Beinahe wäre Raelia wieder in Tränen ausgebrochen.
Doch seine ruhige Stimme und die Wärme seines Körpers wirkten auf sie; sie spürte, wie sich der Knoten in ihrem Bauch löste und die Tränen langsam versiegten.
Es wäre ihr am liebsten gewesen ihn und diesen Augenblick nie wieder loslassen zu müssen.
Wenn es den perfekten Moment gäbe, der nie aufhören dürfte, dachte sie, jetzt müsste es sein…

Ohne, dass sie es merkten, änderte sich die Farbe des Lichts, das durch die Fenster auf sie fiel.
Erst besiegte ein immer heller werdendes Grau ganz langsam das fahle Leuchten des Mondes, in das sich nach und nach orangene Töne mischten, bis sie in morgendliches

Sonnenlicht getaucht waren.

Als Laerodah seine Augen öffnete, schloss er sie gleich wieder reflexartig, so ungewohnt hell war es geworden. Es war der erste wolkenlose Himmel seit Tagen.

Elero saß am Fenster und beobachtete die Straße. Er hatte Wache gehalten, um seine beiden Begleiter nicht zu stören; erst wollte er sie ansprechen, hatte sich dann aber zurückgezogen in der Gewissheit, dass die beiden diesen Moment für sich zu brauchen schienen. Also hatte er Jahrsoh geweckt und ein paar Decken aus dem Kofferraum des Wagens geholt. Die Decken breiteten sie nun gemeinsam auf dem Boden des Hauptraumes aus und so konnten Raelia, Jahrsoh und Laerodah wenigstens für ein paar Stunden relativ bequem schlafen.

Soweit Laerodah das beurteilen konnte, nachdem er erwachte, hatte er traumlos geschlafen. Dafür schmerzte sein Rücken jetzt; er hatte noch nie auf einem Fußboden geschlafen. „Guten Morgen.", hörte er Eleros Stimme leise neben sich, als dieser bemerkte, dass Laerodah erwacht war.

„Ebenfalls", murmelte er, während er sich den Schlaf aus den Augen rieb. Kurz darauf regte sich auch Jahrsoh:

„Guten Morgen, ihr zwei.", sagte er knapp und blickte sich im Raum um.

Als Jahrsoh die noch schlafende Raelia erblickte, wurde sein Blick fragend und unsicher.

„Lasst sie noch schlafen. Die letzten Tage war für uns alle zu viel des Guten.", sagte Elero leise.
Um sie nicht zu wecken.
Jahrsoh sowie Laerodah mussten ihm Recht geben; ihnen allen steckten die Ereignisse in den Knochen; warum also nicht alle Ruhe ausnutzen, die man bekommen konnte?
„Wenn du dich jetzt auch noch ein bisschen ausruhen möchtest, dann übernehme ich jetzt die Wache.", sagte Laerodah in Eleros Richtung, nicht, ohne ihn dabei ernst und bestimmt anzusehen; Elero sah hoffnungslos über-müdet aus, obwohl er tapfer zurück lächelte.

„Schätze, du hast Recht, ich nehme dein Angebot sehr gern an.", antwortete Elero schließlich mit einem Schmunzeln.
Er stand von seinem Stuhl auf und legte sich auf eine der Decken; es verging nicht einmal eine Minute und er atme-te gleichmäßig mit geschlossenen Augen...

Laerodah setzte sich nun auf den Stuhl am Fenster und blickte auf die Straße. Jahrsoh holte vom anderen Ende des Raumes den zweiten Stuhl, setzte sich zu ihm ans

Fenster und sagte leise und mit einem Lächeln:
„Vier Augen sehen besser als zwei."

Schweigend verharrten sie in völliger Stille und beobachteten die Umgebung vor dem Fenster... obwohl Laerodah in der Gegenwart des alten Mannes das Gefühl hatte, vor lauter Fragen zu platzen, war dies doch ein Moment, den er mit unnötigen Worten nicht zerstören wollte.
Irgendwie fühlte es sich nicht richtig an, die Stille aufzuwühlen...

Ab und an fuhr ein Fahrzeug vorbei und ließ sie kurz aufschrecken.
Doch gab es keinen Grund zur Besorgnis.
Sie konnten beide nicht wissen, dass sie hier niemand suchen würde.
In Anbetracht der aktuellen Begebenheiten würde sich hier, soweit östlich von Nochath niemand von der Weltordnung rumtreiben.
Die Aufstände, von denen Elero berichtet hatte, hatten weit um sich gegriffen und trieben Hunderttausende auf die Straßen.
Alle Kräfte, die der Verteidigung von Ruhe und Ordnung dienten, waren an wichtigen strategischen Knotenpunkten konzentriert, um die Machtposition der Weltordnung zu verteidigen.
Es kam zu Straßenkämpfen, brennenden Barrikaden, Toten... verzweifelte Menschen begehrten auf und kämpf-

ten in der ganzen Welt.

Aber außerhalb der großen Städte, wo die Bevölkerung noch nie an Veränderung und Revolution interessiert war, wo alles so bleiben sollte, wie es die Tradition vorlebte, vermutete die Weltordnung immer noch die Basis ihrer Unterstützung. Folglich war man bestrebt, dass so wenig Informationen über die Zustände in den Metropolen zu den Menschen auf dem Land durchdrangen.

Und so wurden die Wachposten und Patrouillen außerhalb der Städte sukzessive reduziert. Und so drangen auch keinerlei Informationen zu der kleinen Gruppe...

Trotzdem oder vielleicht gerade deswegen verhielten sich die drei Ahnungslosen achtsam und hielten sich bereit, falls sich doch jemand der Hütte nähern sollte.

Nebenbei hielt sich Laerodah noch immer im Zaum, wie er da neben Jahrsoh saß und den alten Mann am liebsten mit Fragen bombardiert hätte.

Das plötzliche Wiedersehen, noch dazu auf diese Art und Weise; aber er bremste er sich und sagte sich immer wieder im Geiste:

„Du hast noch Zeit. Immer mit der Ruhe...“

Als die Sonne am höchsten Punkt stand, öffnete auch Raelia die Augen und richtete sich von ihrer Decke auf.

„Guten Morgen“, sagte sie, wobei sie sich ein kräftiges Gähnen nicht verkneifen konnte.

„Guten Morgen, oder besser guten Tag", antwortete Laerodah schmunzelnd, „ich hoffe du bist einigermaßen aus-
geruht."
Raelia sagte nichts, lächelte aber zurück, als ihr der gemeinsame Moment des letzten Tages wieder
einfiel.
Als Laerodah sich jedoch wieder dem Fenster zuwandte,
verschwand sein Lächeln schlagartig.
„Schon wieder ein Fahrzeug."

„Das ist doch nicht etwa…" setzte Raelia besorgt an, aber
Jahrso beruhigte sie sofort: „Keine Sorge, es sind vielleicht
nur Reisende. Keine Waffen, keine Hoheitszeichen."

Laerodah hingegen beobachtete weiterhin den Wagen
und seine Gesichtszüge verrieten Besorgnis, denn das
Fahrzeug wurde zunehmend langsamer, als es sich der
Auffahrt näherte.

Aufgebracht rief er:
„Verdammt! Elero, wach auf!"
Jahrso und Raelia blickten erschrocken zu Laerodah.
„Wach auf Elero!" rief der nochmal.
Elero kam sofort auf die Beine.
„Was ist los?!" fragte er, während er zum Fenster rannte.
„Wir kriegen Besuch.", sagte Laerodah hektisch.

Elero reagierte umgehend:

„Ihr drei geht sofort zum Wagen. Raelia, starte den Motor. Wartet, bis ich komme."

Er hockte sich vor die Fensterbank, holte seine Waffe hervor und hielt sich bereit.

Ohne weitere Fragen rannten Laerodah, Raelia und Jahrsoh aus der der Auffahrt abgewandten Seitentür und liefen schnell zum Wagen.

Dort angelangt, versuchte Raelia fluchend den Motor zum Laufen zu bringen, was ihr beim dritten Versuch zum Glück endlich gelang.

Gespannt und nervös warteten die drei mit auf die Seitentür der Hütte gerichtetem Blick darauf, dass Elero endlich zu ihnen kam.

Sekunde für Sekunde verstrich, die Zeit schien sich endlos auszudehnen.

Doch endlich bewegte sich die Tür.

Anderes als sie es erwarteten, kam Elero aber nicht hektisch und schreiend angerannt.

Nein... er trat langsam aus der Hütte und stand plötzlich mit einem breiten Lächeln vor ihnen.

Alle waren völlig perplex und verstanden die Welt nicht mehr.

Elero lachte, als er ihre Gesichter sah, lief zur Hausecke und winkte jemanden zu.

Das Fahrzeug das sie eben noch aus dem Fenster der Hütte erblickten, kam um die Kurve und blieb direkt vor ihrem Wagen stehen.

Völlig entgeistert blickte Laerodah in die Augen des anderen Fahrers.

Das Lenkrad noch in den Händen sah Herr Areth in die Augen dreier gänzlich fassungsloser Gesichter.

Es benötigte etwas Zeit, bis sie alle realisiert hatten, wer da wirklich vor ihnen aufgetaucht war. Aber dann stiegen sie aus dem Wagen und begrüßten sich herzlich.

Alle sprachen wild durcheinander und stellten, ohne sich abgesprochen zu haben, im Grunde jedoch dieselben Fragen.

„Erst einmal beruhigt euch wieder", begann Herr Areth mit einem Lächeln und fuhr fort:

„Dass wir euch hier finden konnten und dass ihr euch überhaupt an dieser Hütte befindet, habt ihr einem alten Freund von mir zu verdanken."

Er öffnete die Beifahrertür und half jemanden, aus dem Wagen zu auszusteigen.

Vor ihnen stand nun ein sehr alter Mann, der sich wohl nur mit Mühe und auf Herrn Areth stützend auf den Beinen halten konnte.

Die Gesamterscheinung des Mannes sowie die tiefen Falten seines Gesichts ließen darauf schließen, dass die Zeit ihren Tribut gefordert hatte.

Aber nichtsdestotrotz schauten aus diesem Gesicht zwei hellwache, stahlblaue Augen, die die Mitstreiter mit einer Mischung aus Neugier, Witz und tiefer Weisheit anschauten.

Herr Areth stellte den Unbekannten vor:
„Dies ist mein alter Freund Zeroth."

Laerodah erinnerte sich, dass Herr Areth nach ihrem letzten Gespräch beim Widerstand noch erwähnt hatte, nach einem alten Freund suchen zu wollen.

„Ist das Ihr alter Freund?", stotterte ein sichtlich überforderter Laerodah, bevor Herr Areth ihn mit einem Augenzwinkern zurechtwies:
„Wir waren schon beim Du, weißt du noch?"

Der Rest der Gefährten stand sprachlos und wie angewurzelt da. Endlich fand Elero als Erster Worte:
„Wie wär's, wenn wir uns wenigstens beim Erzählen hinsetzen? Lasst uns reingehen, warum hier stehen bleiben?"

Es dauerte bis zum Nachmittag, bis Herr Areth und Zeroth ihnen das meiste erklärt hatten. Herr Areth berichtete, wie er ihn fand, und dass er Zeroth alles über Laerodah und ihr Vorhaben, die Welt wieder ins Gleichgewicht zu bringen, erzählt hatte.

Zeroth behielt dabei sein wahres Alter für sich; aber es klang aus Herrn Areths Erzählung, dass er noch älter war, als man es ihm ansehen konnte.

Aber: dieser unscheinbare alte Mann, der nun ein relativ friedliches Leben im Unterschlupf des Widerstandes führte, war einst ein wahrer Hüter des Seins; einer der Letzten, die dies noch von sich behaupten konnten.

Einer derjenigen, die das alte Wissen erlernt hatten und die Geheimnisse bewahrten, bevor die Verfolgungen anfingen.

Zeroth erläuterte, dass er vieles in seinem Leben über das Sein lernen und erfahren durfte.

Aber das Sein war nicht für jeden der Hüter gleich.

Manche von ihnen, die schon uralt waren, als Zeroth noch ein junger Schüler war, verbrachten ihr Lebtag erfolglos damit, die kleinste Spur des Seins zu ergründen.

Anderen, wie ihm, offenbarte sich die Kraft hinter der sichtbaren Welt nach Jahren des Trainings... Zeroth lernte, in das Sein einzutauchen, seine Geheimnisse zu ergründen, es zu nutzen; aber er war von Natur aus vorsichtig und verriet nur wenig von dem, was er herausfand, damit dieses Wissen nicht in falsche Hände geraten würde.

Laerodah, Raelia, Jahrsoh und selbst Elero wagten nicht, seine Ausführungen zu unterbrechen und hingen weiter an seinen Lippen...

Mit der Zeit fand Zeroth heraus, die Fäden des Seins, die

Laerodah einst erspürt hatte, zu lenken; er sah und fühlte die Verbindung von allem und jedem.

Und mittels dieser Fäden war es ihm möglich, Kontakt zu Laerodah aufzunehmen.

Laerodah konnte sich nicht mehr halten und platzt mit einer Frage heraus:

„Dann war diese Stimme; die, die die mir sagte: „Fahrt nach Osten!", das waren Sie?!"

Zeroth nickte und erklärte es ihm genauer:

„So wie du dieses kleine Stück des Seins in dir erspüren kannst, Laerodah, fühlte ich alles... konnte und kann ich diese Fäden bei jedem Lebewesen in ganz Statheraé erspüren.

Und wenn ich will, kann ich sie mir zu Eigen machen.

Es hat mich viele Jahre des Lernens und Übens gekostet, aber ich habe es geschafft."

Raelia kannte sie, die alten Geschichten. Wie oft hatte ihr Großvater von den Hütern erzählt; von denen, die schrieben und bewahrten, und von den wenigen, die nicht nur wussten, sondern erfüllt, auserwählt waren... fassungslos, als all diese Geschichten vor ihrem inneren Auge wieder aufbrandeten, konnte sie sich nicht zurückhalten:

„Sind Sie etwa auch ein Kind des Seins?"

„Nein, nein meine Liebe. Dazu wurde ich nicht erwählt. Aber ich habe als Hüter gelernt zu beobachten.

Nicht nur die Dinge, welche wir mit unseren Augen sehen und unseren Ohren hören können.

Nein… Auch das was wir mit unserem Geist spüren können. Ich habe zugesehen und zugegriffen; und endlose Jahre hat sich das Sein mir entzogen, bis, endlich, eines Tages…"

Elero unterbrach ihn:

„Schön und gut", sagte er unwirsch, abwechselnd Herrn Areth und Zeroth anschauend, „aber was hat das mit uns zu tun?

Was genau ist denn überhaupt der Grund, dass ihr uns so dringend finden wolltet?"

„Es war so", antwortete Herr Areth, „nachdem ihr verschwunden wart und Meldor außer sich war vor Wut und Verzweiflung, habe ich Zeroth um Rat gebeten, wie ich euch helfen kann.

Ich konnte nicht tatenlos rumsitzen.

Zeroth hörte sich meine Sorge an und weihte mich nach reichlicher Überlegung in sein Wissen ein."

Als Herr Areth kurz pausierte, sprach Zeroth weiter:

„Mit Hilfe meiner Fähigkeiten habe ich dich gesucht und gefunden, Laerodah. Als ich dich oder besser gesagt deinen Geist fand, konnte ich deutlich deine Emotionen spüren. Die Angst, die deinen Geist beherrschte, verriet mir, dass ihr in äußersten Schwierigkeiten stecken musstet. Das habe ich Glenar erzählt und sofort machten wir uns auf, euch zu finden."

Wieder ergriff Raelia das Wort:

„Das klingt unglaublich, aber was machen wir jetzt? Wir haben uns hier versteckt, weil Jahrsoh und andere vor der Weltordnung fliehen konnten; ihr habt uns gefunden, schön. Aber könnt ihr uns auch hier wegbringen? Wenn ihr uns finden konntet, habt ihr dann auch einen Plan, wie wir unbemerkt quer durchs Land zum Widerstand zurückkehren können?"

Zeroth lachte leise und sah ihr freundlich direkt in ihre Augen: „Mehr als nur einen Plan, meine Liebe…wir nutzen eine Fähigkeit."

Niemand sonst im Raum wusste mit dieser Aussage etwas anzufangen; alle Anwesenden schwiegen, auf eine Erklärung wartend.

Nach wenigen Sekunden der Stille fuhr Zeroth fort:

„Der Schlüssel sind die Fäden, von denen ich euch eben erzählt habe. Es benötigt zwar unglaublich viel geistige Kraft, aber es ist möglich, Körper und Geist zusammen über solch eine Verknüpfung zu transportieren. Ich habe das lange Jahre trainiert, aber auch meine Kräfte sind begrenzt. Ich kann jedoch nur drei von euch transportieren, mehr schaffe ich nicht. Aber genug mit all den Erklärungen! Ich denke, wir sollten das so schnell wie möglich hinter uns bringen."

Stille breitete sich im Raum aus.
Jahrsoh wusste nicht, was er sagen sollte, da er kaum glauben konnte, was dieser alte Mann da erzählte.
Laerodah war sprachloser als je zuvor.
Das war möglich? Er hatte nie davon gelesen oder gehört und staunte den alten Mann mit offenem Mund an.
Nur Raelia hatte ihre Gedanken zuerst wieder im Griff und sagte:
„Mir gefällt das nicht... das klingt gefährlich und nicht wirklich beruhigend. Ich würde ehrlich gesagt lieber rennen und fahren, als mein Leben in die Hände eines Fremden zu legen."

Jahrsoh erwiderte:
„Ich denke, ihr habt keine Wahl.
Ich werde gesucht; so lange, wie wir zusammen unterwegs sind, bin ich eine Gefahr für euch.
Und ihr müsst sicher ankommen, so schnell wie möglich.
Je mehr Zeit vergeht, desto schwieriger wird eure Mission; die Wachtposten werden zurückkehren, die Augen werden wachsamer."

Herr Areth hakte ein:
„Zeroth weiß, was er tut; ihr könnt ihm vertrauen, ich lege meine Hand für ihn ins Feuer."

Elero sagte nichts; Laerodah musste zugeben, dass ihn die Erfahrung, im Sein zu „reisen", reizte.
Aber Raelia hatte nicht unrecht: das konnte nicht ungefährlich sein.

Zeroth lächelte milde und sagte:
„Keine Sorge, meine Liebe. Ich würde es nicht vorschlagen, wenn ich mir meiner Sache nicht sicher wäre."

Raelia wirkte verunsichert; sie schien mit sich zu ringen.
Nach einigen Sekunden, in denen es hinter ihrer Stirn gearbeitet hatte, drehte sie sich zu Laerodah um:
„Entscheide du. Es ist dein Weg."

Laerodah sah Elero an, der nur flüchtig nickte und sagte:
„Ich glaube, das könnte funktionieren."

„Gut", sagte Laerodah, ohne zu zögern, „wir machen es. Die Frage ist nur, wer reisen sollte."
Raelia sagte:
„Wenn wir es wagen, dann sollten wir drei so schnell wie möglich zum Widerstand."
Dabei deutete sie auf Jahrsoh und Laerodah und sich.
„Elero, du hast Erfahrung und du wirst nicht gesucht, soweit ich weiß. Ich schlage vor, du bringst Herrn Areth nach." Elero nickte mit ernster Miene.

Schließlich fragte Raelia Zeroth:

„Also dann. Bitte verraten Sie mir, wie das jetzt abläuft.
Sollen wir irgendwas Bestimmtes machen?"

Zeroth lächelte wieder und antwortete:
„Gut, gut.Keine Sorge meine Liebe. Es ist ganz einfach,
wir können gleich beginnen. Glenar, hilfst du mir bitte?"

Herr Areth nahm einen der Stühle und stellte diesen in
die Mitte des Raumes.
Zeroth setzte sich und sprach weiter:
„Ihr müsst nur eine Hand auf meine Schulter zu legen.
Wichtig ist nur, dass wir so mit einander verbunden sind.
Kommt! Stellt euch hinter mich."

Herr Areth und Elero hielten einen gewissen Abstand zur
Gruppe.
Noch immer war niemand im Stande weitere Fragen
zu stellen.
Doch der alte, kleine Mann strahlte so ein Ruhe und
Selbstsicherheit aus, dass niemand in seinem Herzen ei-
nen Grund finden konnte, ihm zu misstrauen.

„Glenar, gebt auf euch acht", sagte Zeroth.. Wir
sehen uns in ein paar Tagen wieder, mein Freund."

Herr Areth verabschiedete sich ebenfalls und Elero
nickte jedem einzelnen der Gruppe ermutigend zu.
Nachdem sie sich alle verabschiedet und gegenseitig Mut

zugesprochen hatten, holte Zeroth tief Luft:
„Es ist soweit. Die Hände bitte. Bleibt ruhig
und lasst nicht los."

Vorsichtig legte einer nach dem Anderen seine Hand auf
Zeroth. Er schloss die Augen und senkte seinen Kopf, als
er merkte, dass sie bereit waren.
Voller Erstaunen beobachtete Elero , was jetzt geschah.

Mit einmal schien der Raum wärmer zu werden.
Zeroths Augenlider zuckten. Keiner der drei, die ihn be-
rührten, wagte, sich zu rühren, aber auch sie spürten die
Wärme, die von irgendwoher zu kommen schien.
Wenn er später danach gefragt wurde, beschrieb Laerodah dieses Erlebnis als ein Bad in reinem Licht, das sich
dermaßen, um sie her zu verdichten schien, dass es sich,
ohne heller zu werden, greifbar anfühlte.
„Fäden", dachte Laerodah, „sind das diese Fäden?"
Und wirklich: als würden dicke Schnüre aus Licht um sie
hängen, wie ein Vorhang, den man nur spüren, aber nicht
berühren konnte und hinter dem die Welt allmählich ver-
schwamm...

Kurz darauf glaubte Elero seinen Augen nicht trauen zu
können.
Es ging relativ schnell. Eben noch sah er die vier unverän-
dert vor sich, aber mit einem Mal veränderte sich ihre Er-
scheinung.

Nach und nach sah er, wie die Gruppe verblasste; man konnte durch sie hindurchsehen, bis sie schlussendlich einfach verschwunden waren.

Herr Areth und Elero blickten nun in die Mitte eines leeren Raumes, in dem nur noch der Stuhl stand auf dem eben noch Zeroth gesessen hatte.
Elero war sonst immer schon recht wortkarg.
Diesmal jedoch blieb er vor purem Erstaunen stumm...

# Kapitel 6
# Das Buch von Arlec

Meldors Arbeitszimmer war karg und pragmatisch; dort fanden sich keinerlei Gegenstände, die nicht irgendeinem Zweck dienten.

Ein großer hölzerner Schreibtisch, ein paar Regale und wenige Stühle; keinerlei Dekoration, nichts Persönliches. Auf den ersten Blick konnte man denken, dass der Raum von niemandem genutzt wurde.

Der einzige Hinweis auf rege Nutzung waren die riesigen Dokumentenstapel, unter denen sich die massive Arbeitsplatte des Schreibtisches durchzubiegen schien; überall lagen dort Papiere, scheinbar ohne System.

Unzählige Berichte von Erkundungseinsätzen lagen zusätzlich wild darauf verstreut: Operationen, Truppenbewegungen, Beobachtermissionen und viele mehr.

Von allen aktiven Meldern und Beobachtern kamen in unregelmäßigen Abständen schriftliche Mitteilungen über alles, was zu Aktivitäten der Weltordnung bekannt wurde.


Meldor konnte sich vor Arbeit kaum retten.

Nur ganz kurz gönnte er sich einen Moment des Verschnaufens; er presste seine Nasenflügel mit den Fingern der rechten Hand und kniff die Augen fest zusammen, um das Brennen, hinter seinen Lidern zu unterdrücken.

Doch nur einen Moment später griff er zum nächsten Stapel; es würde heute nicht abreißen, einige Meldungen standen noch aus. Manche Informationen waren aus strategischer Sicht wertlos, aber Meldor konnte keine einzige

ignorieren, um sich ein vollständiges Bild machen zu können. Zuviel hing von einer umfassenden Kenntnis der Lage ab: wo könnte man die nächsten Vorräte beschaffen, ohne entdeckt zu werden?
Wer war zuverlässig, wer konnte ein Spion sein?
Welche Stützpunkte waren sicher, welche mussten vielleicht aufgegeben werden?
Er war der Mittelpunkt, er musste planen, wissen, entscheiden...

Den ganzen Morgen und Vormittag hatte er schon viel geschafft und war zuversichtlich, heute sein Tagespensum bewältigen zu können, als... als sich auf einmal die Temperatur im Raum zu erhöhen schien.

Meldor blickte abgelenkt auf.
Die Luft flimmerte; auf einmal schien es im Raum unerträglich warm und stickig zu werden.
Meldor spürte Schweiß auf seiner Stirn. Er blickte aus dem geöffneten Fenster, durch das noch vor einigen Sekunden ein kühler Luftzug ins Zimmer wehte.
Die Sonne schien noch nicht hinein, die Heizung unter dem Fenster war ebenfalls nicht eingeschaltet; daran lag es nicht...
Vielleicht ist etwas kaputt, dachte Meldor. Er beschloss, weder das Problem lösen zu können noch, sich darum kümmern zu müssen, krempelte die Ärmel seines Hemdes, öffnete ein paar Knöpfe und versuchte, weiterzuar-

beiten.

Aber die Wärme stieg an.

Die Luft lag wie Blei im Raum und ließ sich kaum atmen.

Ein Flirren im Augenwinkel ließ Meldor erneut aufschauen. Die Mitte des Büros schien sich zu...verschieben.

Es wirkte, als würde er in eine Fata Morgana und gleichzeitig durch sie hindurch sehen, als ob der Wind das Trugbild zu verwirbeln schien.

Meldor blinzelte und presste seine Handflächen auf seine Augen. Vielleicht war es auch Erschöpfung und sein Gehirn spielte ihm einen Streich; der Jüngste war er auch nicht mehr.

Urlaub, dachte Meldor hinter geschlossenen Augen... eine Pause von allem, nur ein paar Tage vielleicht...

Aber so schnell wie die Hitze gekommen war und sich Meldors Wahrnehmung trübte, so schnell war alles auch schon vorüber. Doch seinen Augen konnte Meldor immer noch nicht vertrauen; eine Sache war anders als vorher.

In dem Stuhl, der dem Schreibtisch gegenüber stand und der gerade noch leer war, saß auf einmal Zeroth und dahinter standen Raelia, Laerodah und Jahrsoh.

Meldor starrte Zeroth mit weit aufgerissenen Augen an; die drei anderen starrten genauso ungläubig zurück.

Der Einzige, der ein Lächeln auf den Lippen trug und das Wort ergriff, war Zeroth, der genau wusste, was gerade eben passsiert war.

Seine Stimme zitterte, als ob er erschöpft wäre, aber sie war warm und freundlich, als er sagte:

„Seid gegrüßt, Meldor"

Niemand sonst im Raum war vor Erstaunen in der Lage, ein Wort zu sagen oder einen Muskel zu rühren. Raelia musste ein flaues Gefühl in der Magengrube unterdrücken; Laerodah und Jahrsoh kniffen die Augen zusammen, damit sich der Raum nicht mehr um sie drehte.

Allen dreien war anzusehen, dass ihnen die magische Reise zugesetzt hatte.

Und noch immer hatte keiner von ihnen verstanden, was da eigentlich passiert war...

Laerodah rang wieder mit sich. Denn schon wieder war eine Schranke in seinem Leben gefallen. Ja, er hatte Magie gesehen, die er nie für möglich gehalten hätte und die seine Bücher Zeit seines Lebens vor ihm verbergen wollten. Aber es war immer noch etwas anderes, diese Kraft am eigenen Leib zu spüren; durch Magie zu reisen war schon wieder etwas, was nicht sein konnte, nie hätte sein dürfen... und trotzdem einfach passiert war.

Nach einem Augenblick, der sich wie eine Ewigkeit anfühlte, schaffte es Meldor mit seiner ansonsten sicheren und sanften Bassstimme zu stottern:

„W- w- was um... was um alles in der Welt geht hier vor?!

Habe ich den Verstand verloren?"

Doch Zeroth erklärte es ihm und auch allen anderen, die zwar gerade mit ihm gereist, aber von dieser Erfahrung völlig überwältigt waren, mit einer ruhigen und besonnenen Art.

Seine sanfte Stimme beruhigte wie durch Magie und ließ allein durch ihren Klang die Herzen ruhiger schlagen.

Er berichtete kurz von den Ereignissen der letzten Stunden und von der Flucht durch Magie.

Als er geendet hatte, sagte Meldor:

„Es gibt zu viel, was wir nicht über das Sein und diese Welt wissen und das ist wahrscheinlich auch gut so. Daher kann ich verstehen, dass du deine Gabe die ganze Zeit geheim gehalten hast."

„Aber", und bei diesem Wort durchbohrten seine Augen Raelia und Laerodah, „umso wichtiger ist es, Strukturen zu wahren und Anweisungen zu beachten.

Eigenmächtiges Handeln gefährdet Leben, gerade wenn wir nicht alle Informationen haben, die wir brauchen!"

Keiner der beiden schaffte es, Meldors Blick standzuhalten; betreten starrten sie zu Boden.

Meldor hatte keine Namen genannt, aber sie wussten, dass sie gemeint waren; schließlich haben sie seine Anweisung missachtet, ohne die Konsequenzen ihres Handelns auch nur erahnen zu können.

Doch noch bevor einer der beiden etwas sagen konnte,

wandte sich Jahrsoh an Meldor:
„Dank diesen mutigen jungen Leuten ist es mir möglich, heute hier zu sitzen, und nicht in einer Zelle ohne Wiederkehr. Ich verdanke ihnen mein Leben."

Meldor verstand zunächst nicht, was dieser ihm völlig fremde Mann damit meinte; er schwieg und starrte Jahrsoh einfach nur ratlos an.
Dieser nutzte die Gesprächspause und stellte sich vor.
Er erzählte von seinem Werdegang, seinen Forschungen, seinem bescheidenen Leben im Klippental und darüber, dass er seit vielen Jahren den Raum der Hüter der sich dort befand, bewachte.
Und er sprach zuletzt mit einem Schmunzeln davon, wie er Laerodah zu sich lotste und ihm das Buch zukommen ließ.

Meldor hörte aufmerksam zu, ohne etwas zu sagen.
Erst als Jahrsoh über den Einsatz der Weltordnung im Klippental und seiner Gefangennahme erzählte, wurde auch Laerodah hellhörig:
Nachdem Jahrsoh von den Schergen am Eingang der Höhlen gefasst wurde, verbanden sie ihm die Augen.
Er konnte nur vermuten, wohin sie ihn brachten; er musste sehr lange gehen und wurde um viele Ecken und durch hell erleuchtete Gänge geführt, vielmehr von seinen Bewachern mehr gestoßen als geführt.
Schließlich bedeutete man ihm, stehen zu bleiben, und

zog ihm das Tuch vom Kopf: er stand in einer engen, ge-
fliesten Zelle mit einem an der Wand befestigten Prit-
schenbett und einer nackten Leuchtröhre an der Decke.
Seiner Zelle gegenüber sah er drei weitere in die Wand
eingelassene Zellen, in denen Gestalten standen oder
hockten, deren Gesichter er jedoch nicht erkennen konnte.
Außerdem zog sich der Gang, in dem seine Zellen lag, in
beiden Richtungen sehr lang.
Jahrsoh konnte nur vermuten, dass es hier Dutzende, vielleicht Hunderte Zellen geben musste.
Keiner der Insassen hatte das geringste Geräusch von
sich gegeben, als Jahrsoh zu seiner Zelle gebracht wurde
oder darin stand und sich umsah. Dafür konnte es nur
zwei Gründe geben: Gleichgültigkeit oder Angst…
„Natürlich fragte ich mich die ganze Zeit, was sie von mir
wollen könnten. Ich war nie im Untergrund aktiv, ich hatte keine Verbindungen, keine Dokumente in meinem
Haus, aber trotzdem… irgendwie mussten sie auf mich
gekommen sein; ich weiß nicht, wer in meinem Umfeld
noch zuverlässig ist und wer nicht."

„Das geht uns allen so.", warf Meldor ein, „ein großer
Nachteil dieses Lebens ist, dass du nicht mehr weißt, was
Vertrauen ist."

„Jedenfalls", fuhr Jahrsoh unbeirrt fort, „müssen diese
Leute irgendwie in Erfahrung gebracht haben, dass ich
tiefere Kenntnisse über das Sein und die Geschichte besit-

ze. Und ich glaube, mir stand Folter bevor, um an diese Kenntnisse zu gelangen…"; hier brach er ab.

Laerodah glaubte, am Zittern seiner Stimme hören zu können, dass Jahrsoh Angst hatte und am Liebsten nicht weiter über das sprechen wollte, was ihm hätte zustoßen können.

Jahrsoh räusperte sich und fuhr fort, wobei er sich um eine ruhige Stimme bemühte:
„Als die Wächter weg waren, bekam ich mit, dass es doch eine Kommunikation unter den Insassen gab. Da wurden kleine Zettel aus geschmuggeltem Papier hin und her geworfen, man redete miteinander oder schlug rhythmisch gegen Metallstäbe; aber sobald auch nur ein leiser Stiefeltritt zu vernehmen war, war sofort Ruhe."

„Wir wurden anfangs regelmäßig kontrolliert und beobachtet. Aber nach einigen Tagen wurden die Kontrollen und auch die Essensausgaben immer weniger.
Das führte natürlich zu Verwirrung und Unruhen.
Die Luft knisterte immer mehr… und eines Tages kamen die ersten Gedanken von Ausbruch und Flucht auf.
Ich habe mich an dieser Diskussion nicht beteiligt, ich hatte einfach nur Angst, und was hätte ich in meinem Alter schon ausrichten können?"

„Aber eines Tages begann es irgendwie. Ich wachte auf

und hörte Schreie auf dem Gang… und Schüsse. Da waren Blutspritzer an den Wänden. Und auf einmal öffnete sich meine Zellentür; wer aufschloss, weiß ich nicht, er rannte gleich weiter. Ich nutzte die Chance; auf dem Gang war ein ganzer Strom von Menschen, mit dem ich einfach mitgerissen wurde. Irgendwann spürte und hörte ich, dass auf uns geschossen wurde. Wir konnten nicht ausweichen oder uns aufteilen. Neben mir fiel jemand um und blieb liegen, aber ich konnte nicht anders, ich musste weiterrennen. Die Leute mir schoben einfach nur, ich konnte nicht stehen bleiben."

Laerodah erinnerte sich.
Die Wachen der Weltordnung hatten keine Skrupel, von ihren Schusswaffen Gebrauch zu machen.
Wer weiß, wie viele in den langen Gängen zurückgeblieben waren. Und warum sie überhaupt dort gewesen waren. Väter, Söhne, Brüder…
Kurz überlegte er, ob er Jahrsoh eine Hand auf die Schulter legen sollte um ihn einen Funken Trost zu spenden. Doch Laerodah regte sich nicht.

Jahrsoh hielt einen Moment inne, atmete tief durch und lächelte Laerodah und Raelia an, bevor er weitersprach:
„Als wir endlich Tageslicht erblickten, spürte ich wieder Hoffnung in mir. Wir rannten im wahrsten Sinne des Wortes um unser Leben… und dann kamt ihr. Und ich weiß nicht, ob es Zufall war, dass ich euch begegnet bin oder ob

Magie mehr vermag, als wir alle wissen; jedenfalls seid ihr der Grund dafür, dass ich noch lebe.

Und…"

dabei öffnete er mit einem schelmischen Augenzwinkern seine Jacke, griff in die Innentasche, holte ein kleines Buch hervor und legte es auf Meldors Tisch, „vielleicht war es auch kein Zufall, dass ich nicht allzu gründlich durchsucht wurde, bevor sie mich einsperrten."

Fragende Augen hafteten auf dem Buch.

Meldor las die Aufschrift und seine Augen wurden immer größer.

„Das Schicksal ist ab und an unbegreiflich", sagte er, „aber das hier… die Aufzeichnungen des verschollenen Arlec."

„Was bedeutet das?", fragte Raelia in die entstandene Stille hinein.

Alle sahen sie ungläubig an.

„Was?", fragte sie an alle gerichtet, „ich weiß zwar ein bisschen über das Sein und Magie, aber ihr könnt nicht erwarten, dass jeder alle Details kennt."

„Entschuldige.", sagte Meldor kleinlaut, „du hast Recht, ich war vorschnell. Die Geschichte des Seins ist nicht komplett… erhalten, könnte man sagen. Viele Bruchstücke der Geschichte sind vergessen, viele Aufzeichnungen wurden vernichtet, vieles wird nicht mehr gelehrt; das ist einer der Gründe, warum es Untergrundverbände wie meinen überhaupt gibt."

„Arlec ist eine der wichtigsten Figuren, wenn man die Verwerfungen in der Geschichte des Seins verstehen will. Sein Leben ist zu einer Legende geworden, da man keine Aufzeichnungen aus dieser Zeit finden konnte.
Und jetzt… dieses Buch soll angeblich Arlecs eigene Aufzeichnungen beinhalten, eine Perspektive, die wir bis heute nicht hatten. Das kann vieles verändern, vielleicht sogar Gewissheiten erschüttern.", sagte Meldor leise und strich mit seiner Hand ungläubig über den abgegriffenen Ledereinband des kleinen Buchs.

Jahrsoh bemerkte die innere Unruhe des alten Kämpfers und sagte schmunzelnd:
„Wenn Ihr mögt, überlasse ich es Euch, ich denke, hier ist es in guten Händen. Eine Bitte habe ich allerdings als Gegenleistung: ich brauche Unterschlupf auf unbestimmte Zeit. Ich denke, Ihr wisst, warum.", sagte Jahrsoh.
Er sah Meldor hoffnungsvoll und mit angehaltenem Atem an.
„Natürlich könnt ihr bleiben, Jahrso." antwortete Meldor geistesabwesend; seine Gedanken waren immer noch ganz bei dem Buch und den Folgen, die diese Entdeckung haben könnte.
Man merkte ihm die Mühe an, die es ihn kostete, sich aus seinem Grübeln zu reißen, als er sich an die Gruppe wandte:

„Ihr habt einen langen und unglaublichen Weg hinter euch. Ich bin zwar offen gestanden immer noch wütend wegen der Risiken, die ihr eingegangen seid, aber das ändert nichts an der Situation. Ihr seid unsere Gäste; bitte ruht euch aus, so gut ihr könnt."

„Ich denke, ich muss dieses Buch äußerst genau studieren, daher schlage ich vor, dass wir uns in drei Tagen wieder zusammensetzen. Bis dahin müssten es auch Glenar und Elero geschafft haben zurück zu kehren.
Bis dahin könnt euch innerhalb des Komplexes frei bewegen; Essen und Trinken gibt es reichlich und ich werde jemanden kommen lassen, der euch eure Zimmer zuweist."

Keiner der Anwesenden wagte es, Meldor zu widersprechen.
Laerodah hatte während der Aufregung und Erschöpfung der letzten Stunden keine Gedanken an so banal erscheinende Dinge verschwendet, aber als er Meldors Worte hörte, meldeten sich sein Magen und seine Augen gleichzeitig; er vermisste ein vernünftiges Bett und eine warme Mahlzeit. Und die Sicherheit, beides in Ruhe genießen zu können.
Raelia ging es sicherlich ebenso, vermutete er, und vor allem Jahrso hatte Ruhe bitternötig, nach dem, was er durchmachen musste.
Nachdem alles gesagt war, verließ Meldor für einen Augenblick das Zimmer.

Zeroth lächelte die anderen an und sagte:
„Ich verabschiede mich an dieser Stelle bei euch; ich muss sagen, es wäre interessant, euch näher kennenzulernen und ich bin sicher, wir könnten stundenlang über alles reden.", hierbei blickte er Laerodah mit einem durchdringenden, vielsagenden Blick an, „aber euch hierher zu bringen hat mich mehr Kraft gekostet, als mir lieb ist und ich werde es nur grade so auf meine Stube schaffen und ins Bett fallen."

Als Zeroth sich erhob und zum Gehen wandte, ging auch schon wieder die Tür auf und Meldor kam zurück.
Er verabschiedete Zeroth mit einem knappen, aber freundlichen Nicken und legte ihm zum Dank eine Hand auf seine Schulter.
Zeroth lächelte und nickte zurück und ging aus der Tür, ohne sich noch einmal umzudrehen.
Kaum war Zeroth weg, wandte sich Meldor an Jahrsoh:
„Ich werde dich persönlich zu deiner Stube bringen. Wenn es Recht ist, hätte ich noch ein paar Fragen.";
dieser antwortete mit einem kurzen:
„Habt Dank."

Raelia und Laerodah wurden auf die Zimmer gebracht, die sie schon vor ihrem Aufbruch bekommen hatten.

Als Laerodah in seiner Stube angelangt war, hatte er große Mühe, sich auszuziehen, bevor er auf das Bett fiel;

im Nu fiel er in einen traumlosen Schlaf; die letzten Tage haben ihm wohl doch mehr abverlangt, als er sich hatte zugestehen wollen.

Als er wieder erwachte, fiel Dämmerlicht durch das kleine Fenster seines Zimmers.

Er richtete sich auf und blickte sich im Raum um.

Spartanisch eingerichtet, kaum Möbel, nackte Betonwände.

Sein Blick blieb schließlich auf seiner Tasche ruhen.

Seit Tagen hatte er nichts mehr in sein Notizbuch geschrieben; aber das musste warten.

Sein Magen meldete sich vehement zu Wort.


Gerade als er sich angezogen hatte und auf die Suche nach der von Meldor versprochenen Verpflegung machen wollte, klopfte es an der Tür und er hörte Raelias Stimme:

„Ich bin's. Kann ich reinkommen?"

Laerodah öffnete die Tür und strahlte sie an:

„Also ich bin am Verhungern. Was ist mit dir?"

Sie strahlte zurück:

„Ich mag, wie du denkst. Lass uns gehen."


Sie liefen auf gut Glück los. Die Gänge, die die Zimmer miteinander verbanden, waren kurz, aber verwinkelt.

Große Teile mussten unterirdisch liegen, denn oft mussten sie Treppen hinabsteigen.

Schließlich, fast, als sie die Suche aufgeben und zurückgehen wollten, reckte Laerodah die Nase in die Luft:

„Ich glaube, ich weiß, wo wir lang müssen."

Und er lief los, so schnell, dass Raelia kaum Schritt halten konnte. Aber sie hatte es ebenfalls gerochen:

Gebratenes Gemüse! Gedünstetes Fleisch! Den beiden lief das Wasser im Mund zusammen.

Und nach noch drei Ecken und noch einigen Treppenstufen abwärts standen sie in einem offenen

Raum, der von mehreren Säulenreihen unterteilt wurde. Jede Säule war von Holztischen eingerahmt, auf denen Teller, Steingutbecher und Bestecke lagen.

Und am Ende des Raumes ein Ausgabefenster, aus dem Dampfwolken strömten.

Bis auf ein paar einzelne Besucher war der Saal leer. Also gingen Raelia und Laerodah schnell auf das Fenster zu, griffen sich ein paar leere Teller und bedienten sich an den angebotenen Speisen.

Nachdem sie sich einen abgelegenen Tisch gesucht hatten, aßen sie ausgiebig, sprachen jedoch wenig miteinander. Keiner der beiden wusste, ob das, was sie erlebt hatten, geheim bleiben sollte.

Also schwiegen sie auch auf dem Rückweg, nachdem sie das Gefühl hatten, keinen Bissen mehr zu sich nehmen zu können.

In Gedanken verloren, merkte Raelia nicht, dass sie schon an Laerodahs Tür angekommen waren.

Und so ging sie einfach weiter und rannte in Laerodah hinein, als der gerade die Tür öffnen wollte.

Laerodah sah sie fragend an. Sie stammelte ein leises: „Darf ich reinkommen?"

Er nickte, hielt ihr die Tür auf und bedeutete ihr mit einer Handbewegung, sich zu setzen; sie ging hinein und setzte sich aufs Bett, während Laerodah die Tür hinter sich schloss.

Ohne auf ihn zu warten, sprach sie einfach aus, was sie bewegte:

„Ich weiß nicht, wie es dir geht, aber ich habe ab und an das Gefühl, nicht mehr zu wissen wo oben und wo unten ist." fing sie an, „All das, was wir erlebt haben in letzter Zeit. Die Gefahren...", sie setzte ab und rieb sich ihr Stirn, als wollte sie sich sammeln oder all die Bilder vertreiben, die auf sie einstürmten.

Laerodah meinte, einen kurzen Lichtschimmer auf ihrer Wange zu erkennen… eine Träne?


„Jetzt sind wir erstmal in Sicherheit" versuchte Laerodah sie zu beruhigen. Schüchtern setzte er sich neben sie, unsicher, ob er ihre Hand nehmen oder sie berühren sollte; irgendwie wollte er zeigen, dass er da war, aber Schüchternheit und Angst hielten seine Hand zurück. Für Raelia gab es kein Halten mehr:

„In Sicherheit? Was glaubst du, wie lang wir uns hier ver- stecken können?! Wo sollen wir denn noch sicher sein? Die Weltordnung ist inzwischen fast überall!

Sie holen, wen sie wollen! Es ist nur eine Frage der Zeit bis sie uns finden!"
Ihre Stimme zitterte; sie vergrub ihr Gesicht in ihren Händen und fing an zu schluchzen.


Laerodah überwand bei diesem Anblick seine Scheu und legte einen Arm um Raelia; er ertrug es nicht, seine Freundin so zu sehen, daneben zu sitzen, und nichts tun zu können.
In jeder anderen Situation wäre Raelia sicher überrascht gewesen; solange sie Laerodah kannte, seit ihrer Kindheit, hatte es noch nie so einen Körperkontakt gegeben, der von ihm ausging.
Dieser junge Mann war der schüchternste, den sie jemals kennengelernt hatte.
Aber in diesem Moment fühlte es sich einfach nur gut und… richtig an…


Minutenlang verharrten sie einfach nur schweigend; Raelias Schluchzen verebbte nach einer Weile.
Laerodah wich nicht von ihrer Seite, betrachtete sie schweigend und regte keinen Muskel.
Und tatsächlich: seine Ruhe ging auf sie über; ihr Herzschlag verlangsamte sich.
Die Zeit schien still zu stehen und ihr war gar nicht bewusst, dass sie unbemerkt seine Hand ergriffen hatte und mit ihren Fingern sanft über seinen Handrücken strich.
Als sie es merkte, wollte sie in einem ersten Reflex ihre

Hand wegziehen, aber sie tat es nicht; sie spürte, wie gut ihr diese einfache Bewegung tat, genauso gut wie seine Nähe und die Wärme, die von ihm ausströmte.

Sie schaute auf und blickte in Laerodahs freundliche Augen. Er lächelte sie an, schien grade etwas sagen zu wollen, doch sie ließ ihn nicht zu Wort kommen.
Behutsam wandte sie ihren Kopf zu seinem.
Als wäre etwas, dass Raelia ihr ganzes Leben lang nie in den Sinn gekommen war, jetzt plötzlich das Selbstverständlichste auf der Welt.
Vorsichtig bewegte sie ihr Gesicht wie in Zeitlupe auf seines zu. Er schaute ungläubig, bewegte seinen Kopf aber nicht. Dadurch ermutigt, berührte sie seine Lippen mit ihren.
Laerodah erwiderte den Kuss… und die Zeit stand still…

# Kapitel 7

# Der Weg des Schicksals

Als die von Meldor gesetzte Frist abgelaufen war, drängten sich alle vor seinem Arbeitszimmer, begierig darauf, seine Entscheidung zu erfahren.

Nicht nur Raelia, Laerodah und Jahrsoh, sondern auch Zeroth sowie Herr Areth und Elero, die noch spät in der letzten Nacht zurückgekehrt waren, wurden zu diesem Gespräch eingeladen. Wobei „Einladung" für Meldors Aussage nicht so ganz passen wollte; vielmehr hatte es sich wie ein Befehl angehört, als er den Termin angekündigt hatte.

In den drei Tagen, seit sie dank Zeroths Kraft im Büro des Untergrundanführers angekommen waren, war jeder im Bunker des Widerstandes seiner eigenen Wege gegangen; Raelia und Laerodah hatten sich einander angenähert und stundenlang geredet. Herr Areth und Jahrsoh hatten jeder für sich alles gelesen, was sie in den Räumlichkeiten der Widerstandsorganisation in die Finger bekommen konnten. Zeroth hatte viel geschlafen; er brauchte viel Zeit, um seine Kräfte wiederzuerlangen.

Daher war das Wiedersehen aller reichlich turbulent. Alle redeten wild durcheinander; alle freuten sich, einander wieder über den Weg zu laufen und es fühlte sich nach allem, was in den vergangenen Tagen und Wochen geschehen war, erfreulich gut an, einen belanglosen Plausch in Sicherheit führen zu können.

Elero und Herr Areth hatten viele Fragen über dieses kleine Buch, das Meldor zuvor an sich gerissen hatte.

Raelia versuchte, ihnen so viel zu erklären, wie sie konnte, was schwierig war, da beide aufgeregt durcheinander fragten.

Gerade Herr Areth konnte es nicht verwinden, dass er, der Bibliothekar aus Leidenschaft mit jahrzehntelanger Erfahrung, nie etwas von diesem Buch gehört hatte.

Elero hatte viele Verständnisfragen; er war nicht mit Verwandten aufgewachsen, die ihm die Geschichte des Seins nahegebracht hatten.

Außerdem war er immer eher der Praktiker gewesen; Fragen der blanken Theorie, insbesondere der Geschichte, waren bisher nie sein Interessengebiet gewesen.

Aber er spürte, dass dies hier enorm wichtig war, deswegen hörte er sehr aufmerksam zu.


Als Herr Areth alles gefragt hatte, was ihm einfiel, wartete er geduldig und äußerlich ruhig in einer Ecke des Vorraums; aber in seinem Kopf überschlugen sich Fragen, was denn nun alles auf diesen geheimnisvollen Seiten stehen könnte.

Und seine Handflächen wurden schweißnass vor Aufregung…


Das Gerede verstummte blitzartig, als harte Stiefeltritte von den nackten Betonwänden des Bunkergangs widerhallten.

Wenige Momente später bog ein Schatten um die Ecke, der sich im hellen Licht der Deckenlampen zu Meldor verwandelte.

Alle Anwesenden schauten in seine Richtung; die Spannung in der Luft war fast schon mit Händen greifbar.

Meldor begrüßte die Anwesenden:

„Gut, … ihr seid alle gekommen. Sehr gut. Lasst uns gleich ins Arbeitszimmer gehen. Jedoch habe ich nicht so viele Sitzplätze in meinem Raum, bitte verzeiht. So oft erscheint hier kein so zahlreicher Besuch.", sagte er und bat alle in sein Büro.

Jahrsoh und Zeroth nahmen unaufgefordert in den zwei Stühlen vor dem Arbeitstisch Platz; sie nahmen vermutlich an, dass ihnen dieses Vorrecht aufgrund ihres Alters stillschweigend eingeräumt wurde.

Und richtig, alle anderen stellten sich ohne ein Wort des Protestes hinter den Stühlen auf.

Meldor setzte sich in seinen großen Stuhl und verschränkte die Arme auf dem Tisch.

Alle starrten ihn an; er hatte ihre volle Aufmerksamkeit.

Nach ein paar Sekunden, die wie Blei im Raum zu hängen schienen, begann er:

„Entschuldigt, dass ich euch so lange habe warten lassen, aber ich musste mir erst Gewissheit verschaffen und einige Dinge prüfen. Ich wollte mir absolut sicher sein, bevor ich euch irgendwelche Aussagen präsentiere.

Heute wie vor eurem gewagten Aufbruch", hierbei konnte er nicht unterlassen, nochmals vorwurfsvoll in Raelias und Laerodahs Richtung zu blicken, wobei beide die Augen zu Boden senkten, „steht unglaublich viel auf dem Spiel."

„Diejenigen, die ihr als Weltordnung kennt, sind mehr als einfach nur eine Polizei oder Söldnertruppe. Sie kontrollieren die Welt, beschützen das, was sie als Ruhe und Ordnung verstehen, aber das kostet sie immer mehr Mühe und Ressourcen. Die Menschen begehren auf, nachdem sie sich diese Unterdrückung so viele Jahre haben bieten lassen, und die Weltordnung schlägt zurück, überall, mit aller Gewalt. Und viele fliehen davor; wir haben einen enormen Zuwachs in allen Zellen von Statheraé, aber längst nicht genug Waffen oder feste Stützpunkte, um einem konzentrierten Angriff widerstehen zu können. Gerade deswegen muss die Widerstandsbewegung um jeden Preis geschützt werden; wir tragen die Verantwortung für so viele Leben, dass wir uns keine Fehler erlauben können. Und wir können es uns vor allem nicht leisten, die Schergen der Weltordnung hierher zu lotsen wegen irgendeiner törichten Unvorsichtigkeit..." Meldor setzte ab und beobachtete die Gesichter der Anwesenden.

Ihre Blicke sprachen Bände; vor allem bei Raelia war Meldor sich sicher, dass sie gleich platzen würde, wenn sie nichts sagte.

Aber er ließ sie nicht zu Wort kommen und sprach weiter:
„Dennoch ist die Lage ernster als ich… als wir es alle
glaubten." Dabei legte er das kleine in Leder gebundene
Buch vor sich.

„Wir alle wissen, dass die Artefakte in der Lage sind,
Emotionen zu kontrollieren und dass bei Beschädigung
eines der Artefakte ein unkontrollierter kollektiver Ge-
fühlsausbruch geschehen kann, umso intensiver, je größer
die Beschädigung. Die Intensität ist die Folge der starken
Konzentration von Magie in den Artefakten; ich denke,
damit erkläre ich niemandem etwas Neues."

„Aber: bei allem, was bisher über die Artefakte bekannt
war, wusste niemand mehr, wie man sie erneuert; dieses
Wissen war schon lange verloren gegangen."

Bei diesen Worten nickten Zeroth, Jahrsoh und Herr
Areth im Gleichklang. Nur zu bewusst waren den Älteren
im Raum die Folgen, die diese weltweite Ahnungslosig-
keit haben könnte.

Meldor fuhr fort: „Das bedeutet, dass die ganze Welt
nichts Anderes tun kann, als dem Zerfall der Artefakte tatenlos zuzusehen. Diese zerfallen nach und nach offensichtlich, und so wie ich die aktuelle Lage in den größeren
Städten betrachte, scheint sich dies mehr und mehr auf
den Menschen auszuwirken."

An dieser Stelle unterbrach Laerodah ihn:
„Also kann es theoretisch jederzeit passieren, dass ein Artefakt zerfällt?"

Meldors Antwort kam prompt:

„Ganz genau. Und die Auswirkungen werden unvorstellbar sein. "

Unruhe machte sich unter allen breit und sie wechselten nervöse Blicke.

Meldor sprach sogleich weiter:

„Auch, wenn ich für die Sicherheit aller Menschen hier verantwortlich bin, kann ich nicht tatenlos zusehen, wie das passiert. Einfach zu warten, bis das angeblich Unvermeidliche passiert, steht gegen alles, wofür ich mein Leben lang gekämpft habe. Wir haben all diesen Menschen nicht Unterschlupf und Schutz gewährt, um jetzt die Hände in den Schoß zu legen. Denn wenn wir nichts unternehmen und die Artefakte nach und nach erlöschen sollten, wird auch dieser Unterschlupf nicht mehr sicher sein."

Raelia war die Erleichterung anzusehen. Sie, die wie alle Meldors Ausführungen mit gemischten Gefühlen verfolgte, war davon ausgegangen, dass der Untergrund nichts tun würde, um ihnen zu helfen.

Sie hörte ihm wie die anderen gebannt zu, als er fortfuhr:

„Wir haben eine Vermutung, der wir nachgehen müssen. Ich glaube, dass der Komplex, in dem Jahrsoh gefangen genommen wurde, eine, wenn nicht die Schaltzentrale der Organisation der Weltordnung darstellt. Dafür spricht die Größe, die äußerliche Tarnung als auch, dass die Bewachung dort noch so derart stark geblieben ist, obwohl weltweit Truppen für die Unterdrückung der Aufstände abgezogen wurden."

Jahrsoh unterbrach ihn:

„Aber bedenke bitte die Zellen. Die Leute wurden ja zur Bewachung der Häftlinge benötigt."

Meldor blickte ihn scharf an:

„Natürlich haben wir das bedacht. Aber die Zellen liegen nur auf einer Etage des Komplexes; so viele Gefangene waren es nicht, auch, wenn es dir bei deiner Flucht in der Hektik so vorgekommen sein mag. Wir haben dort in der Vergangenheit bereits Gefangenenbefreiungen versucht, und ich kann dir versichern: diese Etage ist kein Hochsicherheitstrakt, sondern eher eine Übergangsstation zu den besser gesicherten Gefängnissen."

„Nein, ich glaube, der Grund, warum dort immer noch eine so hohe Anzahl an Wachen vorhanden war, ist, dass in diesem Komplex noch etwas Anderes bewacht werden sollte. Und ich glaube, dass dort mindestens ein Artefakt aufbewahrt wird… vielleicht sogar alle."

Laerodah atmete erschrocken auf; Meldor würdigte dies mit einem kurzen Seitenblick.

Raelia schwieg eisern; Jahrsohs Atmung ging nun schneller. Herr Areth und Zeroth sahen zu Boden und hatten die Augen halb geschlossen; sie schienen still vor sich hin zu grübeln.

Meldor legte eine Hand auf das Buch, dessen Studium er sich vorbehalten hatte, und sprach weiter:
„Ich habe nie geglaubt, dass ein Buch wie dieses irgendwo noch existieren würde. Ich will euch nicht mit geschichtlichen Fakten oder Spekulationen über die Bedeutung seines Inhalts langweilen; ich glaube, ihr werdet das Buch selbst lesen wollen."
„Aber: Auf diesen Seiten ist sehr oft vom „Herz der Weltordnung" die Rede. Und ich bin überzeugt, dass damit dieser Komplex gemeint ist, aus dem Jahrsoh fliehen konnte…"
Raelia rief erschrocken:
„Moment! Angenommen, das stimmt… sind dann ALLE Artefakte in diesem Gebäude?"

„Ja, genau das nehme ich an.", antwortete Meldor ruhig.
„Und das gibt uns eine einmalige Chance. Denn wenn das stimmen sollte, haben wir ein Zeitfenster, in dem wir uns schnell und einigermaßen unauffällig der Artefakte bemächtigen können."
Alle starrten ihn an, als hätten sie sich verhört; einzig Elero wandte sich schnaubend ab und sah aus dem Fenster.
Meldor blickte jedem kurz in die Augen und sagte:

„Ich habe mir überlegt, dass wir dieses Zeitfenster schaffen können, indem wir alle, die dazu fähig sind, zu mobilisieren, um in den großen Städten für Unruhen zu sorgen; Anschläge, Tumulte, Sachbeschädigungen. Eben alles, um die Aufmerksamkeit der Polizeikräfte in den Ballungszentren zu erhöhen und deren Kräfte dort zu stärken. Die Weltordnung muss alle ihre personellen Ressourcen in die Metropolen schicken, damit die Bewachung ihres ‚Herzens' so gering wie möglich ist. Und wenn das gelingt, kommt ihr ins Spiel."

„Wer?", brauch es aus dem bis dahin schweigsamen Zeroth heraus, „was erwartet ihr von uns?"
„Ihr", sprach Meldor weiter und sah dabei abwechselnd zu Laerodah, Raelia und Elero, „müsst irgendwie in das Gebäude gelangen und es in die unterste Etage schaffen. Findet die Artefakte und holt sie da raus."

Jahrsoh konnte seinen während des langen Monologs angestauten Unmut nicht unterdrücken.
„Wie stellt Ihr euch das vor!? Wir wissen rein gar nichts über diese Räume oder Etagen. Ihr wollt die drei in eine unbekannte Lage schicken; sie können doch gar nicht wissen, wo sie suchen müssen; der Trakt ist riesig! So viel Zeit kann ihnen keiner verschaffen. Außerdem, wenn die Weltordnung um die Bedeutung der Artefakte weiß, wenn sie überhaupt dort sind, werden sie niemals unbewacht bleiben. Außerdem, wie würden sich die beschä-

digten Artefakte aus nächster Nähe auf einen Menschen auswirken? Ihr schickt die drei in den sicheren Tod!"

Meldor sprang auf und schlug mit der Faust auf den Tisch, woraufhin alle unwillkürlich zurückschreckten. Seine Stimme überschlug sich fast:
„Wir haben keine andere Wahl als uns den Gefahren zu stellen. Wir MÜSSEN handeln. Glaubt Ihr, ich hätte all das nicht bedacht? Was sollen wir denn sonst tun? Zuschauen? Noch mehr von dieser zermürbenden, nutzlosen Warterei, bis die Chance vertan ist? Was erkläre ich meinen Leuten und all den Flüchtlingen? Dass wir Däumchen gedreht haben, aus Angst?"

Kurz hielt er mit aufgerissenen Augen und erhobenem Zeigefinger inne.
Dann, also ob er sich besonnen hätte, wie er gerade auf die anderen wirken musst, sackte er ein wenig in sich zusammen. Mit sichtlich gefassterer Stimme fuhr er fort:
„Außerdem seid ihr drei nicht ganz auf euch allein gestellt."
Er sah Laerodah und Raelia abwechselnd fest in die Augen; Elero mied den Sichtkontakt, indem er weiterhin demonstrativ aus dem Fenster starrte.
„Ich habe mich bereits mit Zeroth unterhalten.", sagte Meldor, „Er hat mir ausführlich erklärt, wie er es geschafft hat, euch hierher zu bringen und wie sein Geist mithilfe der Magie in die Gedanken andere eindringen

und mit ihnen kommunizieren kann. Laerodah, du weißt, was ich meine. Ihr beide hattet eine Verbindung."

Laerodah war in Gedanken versunken und blickte zu Boden, hörte aber jedes Wort.
Schnell sah er in Meldors strenge Gesicht, als er bemerkte, dass ihn dieser direkt ansprach. Er räusperte sich kurz und sagte:
„Ja. Es war äußerst bizarr. Aber ich denke, das lag nur an meiner Unwissenheit über Magie und was Menschen mit ihr machen können. Ich hätte trotz all meiner Studien solche Dinge nie für möglich gehalten."

Zeroth schaltete sich ein:
„Ich war nach unserer Reise hierher sehr müde und kraftlos. Aber ich bin überzeugt, dass das nur daran lag, dass ich diese Fähigkeit sehr lange nicht genutzt habe. Ich bin sicher, dass, wenn ich mich konzentriere und meine Übungen aus meinen früheren Jahren wieder aufnehme, es mir leichter fallen wird, so einen Transport durchzuführen."

„Solltet ihr Erfolg haben oder sollte irgendetwas schief gehen, wird Zeroth euch rausholen können.", sagte Meldor; er gab sich alle Mühe, selbstsicher und zuversichtlich zu klingen. Sobald ihr zurück seid…"

An dieser Stelle platzte es aus Elero heraus:

„Sobald ihr zurück seid… was macht dich sicher, alter Mann? Angenommen, die Wächter und das ganze System sind so kurzsichtig, wie du behauptest, und niemand wäre in der Lage, hinter dem, was du vorhast, eine Fall zu vermuten… nehmen wir an, durch puren Zufall und mit mehr Glück als Verstand klappt dein Plan… was dann? Schön, wir haben dann die Artefakte, beschädigt oder nicht. Was machen wir damit? Ob wir ihnen aus der Ferne beim Zerfall zuschauen oder hier in deinem Büro oder was weiß ich, wo… wir können doch genauso wenig tun, wenn sie alle hier sind! Und wenn wir das nicht schaffen, hast du im Zweifel jemanden von uns auf dem Gewissen für die Beschaffung von Objekten, die uns nichts nützen. Ein Meisterstück von einem Plan."
Bei diesen letzten Worten triefte seine Stimme von Sarkasmus.

Jahrsoh antwortete:
„Es ist ein Anfang; besser als nichts. Allein die Leute, die hier in diesem Raum versammelt sind, wissen, glaube ich, mehr über diese Objekte als alle Mitarbeiter in dieser ominösen Zentrale. Wenn dort bekannt wäre, wie man das macht, wäre es schon längst passiert."

Elero wollte zu einer neuen Tirade ansetzen, aber Meldor schnitt ihm das Wort ab:
„Genau so sehe ich das auch; und Zynismus bringt uns hier nicht weiter! Ich halte es für möglich, dass Jahrsoh,

Zeroth und Laerodah mit ihrem geballten Wissen und ihren Fähigkeiten einen Weg finden, die Artefakte zu reparieren. Es ist schon einmal gelungen und es muss einfach noch einmal möglich sein."

Laerodah schaute alle der Reihe nach ungläubig an, bevor er kleinlaut sagte:
„Was soll ich denn bitte dazu beitragen? Ich bin ein Bücherwurm, ein Lernender. Ich habe ein paar Berührungen mit Magie, aber viel zu wenige, um so etwas bewerkstelligen zu können. Ich…"

„Moment!", sagte Jahrsoh laut, „urteile nicht vorschnell. Glenar und ich haben uns lange unterhalten. Und nach allem, was er und ich mit dir erlebt haben, denke wir, dass mehr in dir steckt, als du glaubst. Wenn wir Recht haben, solltest du in der Lage sein, genau das zu tun… denn es ist möglich, dass du ein Kind des Seins bist. Du weißt, wovon wir sprechen…"

Laerodah nickte und sah Meldor an:
„Ich weiß nicht, was an der Geschichte dran ist. Aber das Sein scheint… irgendwie auf mich zu reagieren, oder ich mit ihm, oder, ich weiß es auch nicht, aber da ist eine Verbindung. Aber das heißt doch noch lange nicht, dass…"
„Doch, ", entgegnete Meldor, dem die Ungeduld sichtlich anzumerken war, „genau das kann es heißen. Genau diese

Fähigkeiten werden auch den Kindern des Seins zu geschrieben, genau wie hier."

Er legte seine Hand auf das Buch.

„ Natürlich können wir uns irren, aber es ist möglich. Und wenn es so ist, sollten wir nichts unversucht lassen. Du hast die Chance, dich zu beweisen, Laerodah. Du kannst herausfinden, ob du wirklich auserwählt bist. Du kannst die Welt retten. Bitte... zögere nicht. Ich weiß, dass das jetzt gerade wirklich viel verlangt ist, aber wir haben keine Zeit."

Der durchdringende Blick von Meldor bereitete Laerodah Unbehagen, aber er schaffte es unter größter Anstrengung, ihm standzuhalten.

„Hat noch jemand irgendwelche Fragen?"

Niemand sagte ein Wort. Jeder war auf seine Art in Gedanken versunken.

„Gut!", sagte Meldor laut, „es scheint, als wäre alles Grundlegende besprochen. Ich werde alles Notwendige veranlassen, damit unser Ablenkungsmanöver in wenigen Tagen beginnen kann. Haltet euch bitte bereit. Ich denke, ich benötige etwa zwei bis drei Tage."

Damit setzte er sich und widmete sich den Dokumenten auf seinem Schreibtisch, als wäre er in seinem Büro allein und als hätte die Konversation nie stattgefunden.
Und als gäbe es ein stillschweigendes Einverständnis, verließen die anderen ohne ein Wort das Zimmer.

Die kommenden Tage zehrten an den Nerven der Beteiligten.
Meldor nutzte seine Kontakte und aktivierte so viel kämpferisches Potential wie möglich.
Er sandte Nachrichten in alle Himmelsrichtungen wie besprochen; Jahrsoh und Herr Areth halfen ihm, wo sie konnten.
Raelia und Elero versuchten sich einen Plan zurechtzulegen, wie sie in das Gebäude der Weltordnung gelangen sollten und wie sie vorgehen würden, wenn sie erst einmal hineingelangt wären.
Laerodah und Zeroth nutzten die Zeit für lange Gespräche.

„Diese Gedankenverbindung, die du zu errichten imstande bist", „ fragte Laerodah, „heißt das, du bist die ganze Zeit in meinem Kopf? Kannst lesen, was ich denke?" Zeroth konnte ihm anmerken, dass ihn das sehr beschäftigte; die letzte Erfahrung dieser Art lag ihm sehr schwer im Magen.

Es gab Gegenden in seinem Gehirn, die er nicht unfreiwillig einem Menschen anvertrauen wollte, den er kaum kannte.

„Du brauchst dich nicht zu scheuen.", versuchte Zeroth den jungen Mann zu beruhigen, „Ich kann zwar eine Verbindung zu deinem Geist herstellen, aber ich kann nicht deine Gedanken lesen. Nur wenn aktiv mit mir im Geist sprichst kann ich dich ‚hören'.", versuchte Zeroth die Bedenken seines Mitstreiters zu zerstreuen.

Laerodah glaubte, sich mit dieser Antwort zufriedengeben zu können; aber ganz wohl fühlte er sich immer noch nicht. Es würde genügen müssen...


Nach weiteren drei Tagen bat Meldor, Raelia Elero und Laerodah zu sich in sein Arbeitszimmer.
Ohne einleitende Höflichkeiten begann er:
„Ich hoffe, ihr habt euch vorbereitet."


Die drei nickten zustimmend und Meldor fuhr fort:
„Unsere Maßnahmen greifen inzwischen in allen großen Städten. Es kann durchaus sein, dass sogar in den Randgebieten für Aufsehen gesorgt wird. Mehrere Zellen der Organisation haben Barrieren errichtet, Straßen blockiert, Anschläge auf strategische Ziele verübt. Die Einheiten der Weltordnung haben alle Hände voll zu tun."

„Jetzt ist es an euch, in das Gebäude zu gelangen. Wenn ihr jetzt aufbrecht, dürftet ihr in etwa zwei Tagen dort sein."

„Moment mal", warf Elero ein, „kann Zeroth uns nicht hinbringen, so, wie er uns hergebracht hat?"

„Nein, leider nicht. Zeroth braucht eine Verbindung vor Ort. Außerdem brauchen wir seine Kräfte, um euch bei Gefahr schnell wieder zurückholen zu können. Auch, wenn das Risiko dadurch größer wird, bleibt euch leider nur der Weg über die Straßen."

Alle nickten verständnisvoll; Raelia sagte:
„Elero und ich haben uns einen Plan einfallen lassen. Dank der vorhanden Aufzeichnungen, die es hier über das Gebäude der Weltordnung gibt, konnten wir uns eine Art Laufkarte zurechtbasteln. Aber wir wissen nicht, wie aktuell die Karten sind. Ob unser Plan aufgeht wird sich erst vor Ort herausstellen, aber auf Eventualitäten sind wir gut vorbereitet."

Auch Laerodah meldete sich nun zu Wort:
„Dank Zeroth habe ich mich schnell damit vertraut machen können, eine Verbindung im Geiste zu ihm aufzubauen und aufrecht zu erhalten. Ich sehe, was das angeht, keinerlei Schwierigkeiten."

Meldor nickte zur Bestätigung und antwortete:
„Nun gut! Dann ist es jetzt an der Zeit aufzubrechen. Ich werde die Vorkehrungen beobachten und weiter vorantreiben."

Er verabschiedete sich mit einem knappen Nicken.

Schließlich war der Moment gekommen, und Laerodah machte sich auf den Weg zum Fahrzeug, das ihn und seine Kameraden zu ihrem Einsatzort bringen würde.
Der Weg durch die langen und endlosen Gänge des Widerstandes bis hin zum Fahrzeug schien mit jeden Schritt länger und schwerer für ihn zu werden.
Elero und Raelia gingen stetig voran, doch ihm war, als würden seine Beine bei jedem weiteren Schritt immer schwerer.
Raelia konnte spüren, wie sehr die Situation ihren Freund mitnahm.
Sie hätte gern so viel mehr für ihn getan; aber hier und jetzt blieb ihr nichts, als einfach nur an seiner Seite zu sein und diesen Weg mit ihm zusammen zu gehen.
Eleros Gesicht blieb die ganze Zeit über unbewegt und völlig ausdruckslos.

Sie zählten weder die Schritte noch die Sekunden, achteten nicht auf Gänge und Biegungen, sie gingen einfach, schweigend, wie einem Tribunal entgegen... und irgendwann stand Raelia am Wagen, den sie beinahe nicht wahrgenommen hätte und öffnete mechanisch die Beifahrertür. Kurz hielt sie inne und drehte sich um, um nach Laerodah zu sehen. Sie sah ihn auch. Mit blutleerem, kreideweißem Gesicht.

„Alles in Ordnung bei dir?" fragte sie vorsichtig.

Laerodah atmete tief durch und antwortete:

„Jetzt gibt es kein Zurück mehr... bringen wir's einfach hinter uns."

Daraufhin stieg er ein. Raelia sah ihm einen Augenblick nach, seufzte kaum hörbar und setzte sich ebenfalls hinein.

Elero saß schon, ohne ein Wort zu sagen, hinterm Steuer, wartete, bis alle Türen geschlossen waren und startete den Motor.

Er lenkte das Fahrzeug sicher aus dem Bunker, passierte die Kontrollen und lenkte auf den verschlungenen Wegen, bis sie die Zufahrt zur nächstgrößeren Straße erreichten. Raelia sah an dieser Stelle noch einmal zurück; von hier aus war gar nicht mehr zu sehen, dass das Dickicht am Straßenrand den Weg zu einer so komplexen Bunkeranlage verbarg.

Die Fahrt verlief größtenteils schweigend; nur Elero und Raelia wechselten ab und zu ein paar Worte miteinander. Sie wollten alle Eventualitäten ausschließen, wussten aber genau, dass sie niemals alles bedenken konnten, was möglicherweise passieren würde.

Vielleicht redeten sie einfach nur in die Stille hinein, um ihre Nervosität zu überspielen.

Laerodah, der ohnehin nie ein Mann von vielen Worten war, schwieg nun ganz, obwohl in seinem Kopf die Gedanken rasten.

Er hasste es, wenn er sich in eine Situation begeben musste, die er nicht kannte und in der es so viele Unwägbarkeiten gab. Nun aber, wie sie sich ihrem Ziel näherten, wuchs seine Unsicherheit.

Er wusste nicht, was passieren würde; der letzte Besuch in einer Einrichtung der Weltordnung war ihm nur zu gut im Gedächtnis geblieben. Etwas, das er nie wieder erleben wollte, und doch, genau darauf bewegten sie sich zu.

Doch noch mehr als alles, was sie erwarten konnte, hatte er Angst vor dem Danach: selbst wenn sie es schaffen sollten; selbst wenn die Artefakte wirklich alle dort waren und sie sie den Wachen entreißen konnten, selbst wenn sie es lebendig wieder zurückschaffen sollten; was dann?

Dann wurde von ihm erwartet, dass er in der Lage sei, die Artefakte zu erneuern... und er hatte keine Ahnung, wie er das anstellen sollte.

Die letzten Tage hatte er zwar genutzt, um einige Aufzeichnungen zu studieren, die er einigen Räumen des Bunkers gefunden hatte.

Jedoch verriet ihm nicht ein Dokument, egal wie alt es auch gewesen sein mochte, wie man die Artefakte erneuerte. Er hatte, wenn er es genau bedachte, noch nie irgendetwas in der Hand gehalten, was ihm näher erläutert hätte, wie man das machte.

Bei diesen Gedanken zog sich sein Magen unweigerlich zusammen; er versuchte, Ablenkung zu finden, indem er sich die vorbeiziehende Landschaft ansah.

Aber das Rasen hinter seiner Stirn bekam er nicht unter Kontrolle.

Ohne, dass er es bemerkte, fielen ihm die Augen zu.

So verging die Fahrt wenigstens schneller.

Erst bei einer Pause auf etwa halbem Wege wurde er sanft von Raelia geweckt, die ihm eine Flasche Wasser entgegenhielt.

Lange rasteten sie nicht; Elero bestand darauf, dass sie sich kurz die Beine vertraten und schnell etwas aßen.

Und schon ging es weiter...

Laerodah fiel es immer schwerer, seine Gedanken für sich zu behalten.

„Raelia... ich hab Angst.", begann er leise; es war ihm recht, dass Elero auf die Straße konzentriert war, „ich glaube, ihr erwartet alle zu viel von mir. Ich habe die Magie gespürt, ich weiß viel über das Sein und all diese Dinge. Aber steuern? Ich? Was ist, wenn ich versage? Allein all die Emotionen..."

„Wie meinst du das, Emotionen?", fragte Raelia.

„Du weißt doch, was beschädigte Artefakte mit dem Gleichgewicht machen. Eine Beschädigung führt zu einem Ungleichgewicht, das sich auf die Gefühle der Menschen auswirkt. Wenn ich jetzt genau vor ALLEN Artefakten stehe und alle sind kaputt auf die eine oder andere Art, wie soll ich denn meine Gefühle kontrollieren? Wie soll ich da rational denken? Wie..."

An dieser Stelle legte Raelia zwei Finger ihrer rechten Hand auf Laerodahs Lippen; er verstummte sofort.

„Laerodah", und sie lächelte, als die seinen Namen aussprach, „das kann keiner wissen. Aber du bist der Einzige von uns, der solche unglaublichen Fähigkeiten hat. Pass auf: wir ziehen das jetzt durch, und dann, wenn wir alles geschafft haben, was wir uns vorgenommen haben, dann versuchst du es einfach. Vielleicht kommt es wie eine Erinnerung zu dir; ich weiß es auch nicht. Ich weiß nur, dass ich an dich glaube!"

Nach diesen Worten, die sie lächelnd sagte, nahm sie ihre Finger weg und küsste ihn sacht auf den Mund.
Und er spürte, wie ihr Mut, ihre Zuversicht und ihre Überzeugung eine Wärme in ihm erzeugten, die alle Zweifel für den Moment überdeckte.
Er hatte in diesem Augenblick nur einen, alles verdrängenden Gedanken: So könnte es immer sein... mit ihr...

Raelia lenkte das Gespräch geschickt auf andere, belanglosere Dinge.

Sie unterhielten sich über die großen Städte und wie man in ihnen leben konnte; Laerodah berichtete von der Schule in Zethresk und seinen ersten Eindrücken.

Vor allem ließ er sich über seine erste Begegnung mit Farlé, seinem Zimmerkollegen, aus.

Als er redete, hörten sie Elero kichern.

„Was ist los?", fragte Raelia.

„Dieser Farlé erinnert mich an jemanden.", sagte Elero; und er erzählte, dass Meldor seinerzeit, als Elero zum Widerstand stieß, ähnliche Züge aufwies wie Laerodahs Kommilitone.

Die Stimmung im Wagen war während der restlichen Fahrt gelöst und fröhlich; alle drei sprachen es nicht aus, aber insgeheim waren sie dankbar dafür, wenigstens für einen Moment so etwas wie Normalität verspüren zu dürfen.

Als das Fahrzeug schließlich hinter einer Baumreihe am Straßenrand zum Stehen kam, verließen sie es sogleich und betraten das vertraute Waldstück, das sie schon einmal durchquert hatten.

Kurz kontrollierten sie ihre Ausrüstung und machten sich langsam und vorsichtig auf zu den Höhlen.

Zwar hatten Meldor und seine Informanten ihnen versichert, dass keine Wächter im Wald zu erwarten sein dürften, aber ausschließen konnten sie es nicht.

Dieses Mal kannte Laerodah den Weg, daher war es für nicht allzu schwer, mit Elero Schritt zu halten.
Sein anfängliches Gefühl der Selbstsicherheit verflog jedoch schlagartig, als er den Höhleneingang sah.
Alles war wieder da: das Gefühl der Hilflosigkeit in der endlos scheinenden Schwärze.
Die Erkenntnis traf ihn wie ein Schlag in die Magengrube und für einen Moment hielt er in seiner Bewegung inne und blieb wie angewurzelt stehen.

Elero und Raelia, die vorweg gegangen waren, gingen etliche Schritte weiter, bevor sie merkten, dass ihr Begleiter nicht mehr bei ihnen war.
Sie wechselten einen kurzen Blick; Elero verdrehte kurz die Augen, während Raelia zurückging und Laerodah bei der Hand nahm. Er sah sie ängstlich an; sie lächelte und zog an seinem Arm.
Von dieser einfachen Art überrumpelt, musste auch Laerodah lächeln.
Und so schaffte sie es, dass er trotz seiner Angst wieder in Bewegung kam, ihre Hand aber den Rest des Weges nicht mehr losließ.
Sie holten Elero ein, der wieder vorausging, aber sich ein Lächeln angesichts der beiden nicht verkneifen konnte…

Nach einer halben Ewigkeit des monotonen Vorwärtsbewegens, in der keiner der drei Augen für die Natur hatte, gelangten sie wieder an eine Gabelung.

„Ich erinnere mich an diese Stelle,", sagte Laerodah leise, „hier sind wir beim letzten Mal dort entlanggegangen." Und er zeigte in die Richtung des Pfads, der leicht bergan führte.

Elero aber nahm, ohne zu antworten, den anderen Weg. Schon nach wenigen Schritten wurde klar, dass dieser leicht abwärtsging.

Nach etlichen Metern sahen sie, dass auch dieser Weg zu Höhleneingängen führte.

„Das hier sind Zugänge für die unteren Etagen. Wir müssen nicht nach oben; die oberen Stockwerke sind für uns im Moment nicht wichtig.", sagte Elero.

Soweit sie konnten, versuchten sie, sich im Verborgenen an die Eingänge heranzuschleichen.

Schließlich machten sie hinter einem dichten Gebüsch Halt, durch dessen wenige Lücken sie sich einen Überblick des vor ihnen liegenden Geländes machten.

Von ihrem Standpunkt aus schien es, als hätten Meldors Maßnahmen wirklich ihren Zweck erfüllt: es waren keinerlei Wachen zu sehen, keine Stimmen zu hören.

Vor einem der Eingänge war ein kleiner Hangar, der mutmaßlich zum Abstellen von Patrouillenfahrzeugen diente. Davor waren Reifenspuren zu sehen, als ob jemand überhastet abgefahren wäre; aber nirgendwo waren Fahrzeuge oder Motorengeräusche.

Elero bedeute seinen Begleitern wortlos, hier im Verborgenen zu warten.
Dann schlich er hinter ihren Sichtschutz.
Bald darauf wurde das Rascheln, das er verursachte, immer leiser; offenbar war er vorausgegangen, um die Lage zu erkunden.
Bange Minuten verstrichen, in denen weder Raelia noch Laerodah es wagten, ein Wort zu sagen.

Schließlich hörten sie erneutes Rascheln; ängstlich kauerten sie sich tiefer in die Hecke.
Dass es ein Wachtposten sein könnte, war nicht ganz auszuschließen…
Aber schließlich atmeten sie erleichtert auf, als Elero den Kopf durch die Hecke steckte und sich zu erkennen gab.
Erwartungsvoll blickten sie ihn an.
„Ich habe nur zwei Fahrzeuge entdecken können und lediglich in manchen Fenstern der Wachbaracken Licht flackern sehen.", sagte er, „wenn wir vorsichtig sind und die beleuchteten Baracken meiden, sollte es klappen."

Raelia entgegnete:
„Das klingt vielversprechend. Wir gehen vor, wie wir es besprochen haben. Hast du den Seiteneingang sehen können?"

Elero nickte knapp:
„Ja. Er ist unbewacht und es war kein Licht zu sehen."

„Gut. Dann bist du jetzt dran, Laerodah. Gib Zeroth Bescheid, dass wir soweit sind und er sich bereithalten soll."

Laerodah zögerte einen Augenblick; das war einer der Momente, die er im Geiste immer wieder durchgegangen war. Zeroth hatte ihm beigebracht, wie man im Geiste Verbindung aufnehmen konnte.
Sie hatten es auch geübt, während sie sich im selben Raum gegenübersaßen.
Da hatte es auf Anhieb geklappt und Laerodah konnte vor seinem inneren Auge einen Schemen des freundlichen alten Mannes sehen und seine Stimme tief in seinem Kopf hören, auch wenn Zeroth vor ihm kein Wort laut aussprach.
Aber nach wenigen Minuten schon meinte Zeroth, dass es mehr nicht sei; über größere Entfernungen hatten sie es nicht ausprobiert.
Dennoch ließ Laerodah nur einen kurzen Moment verstreichen; zu viel stand auf dem Spiel.
Er schloss seine Augen und versuchte das, was Zeroth ihn gelehrt hatte, umzusetzen. Und tatsächlich: ihm war, als flöge sein Geist über die Entfernung zurück, die sie zuvor mit dem Wagen passiert hatten.
Er meinte, unter sich die Straße und die Wälder sehen zu können, bis der Eingang des Bunkers immer näherkam

und er hinter seiner Stirn in ein schwarzes Loch tauchte…
aus dem sich Zeroths Gestalt langsam erhob.
Offenbar hatte dieser auch bereits darauf gewartet, dass
Laerodah Kontakt aufnehmen würde.
Hinter seinen Augen formte Laerodah seine Gedanken zu
einem Satz:
„Halte dich bereit."
Und in seinem Geist hallte die Antwort wider:
„Zu jeder Zeit, mein Freund."

Laerodah öfnete die Augen und nickte Raelia und Elero
zu; sie konnten beginnen…

Leise, rasch und so schnell wie sie konnten, hasteten sie
voran, bis sie an einen mannshohen Zaun gelangten, wel-
cher direkt an den Seiteneingang des Gebäudes angrenz-
te. Wirklich: dieser Teil des Geländes wirkte komplett
verwaist.
Fast zu einfach, dachte Laerodah noch und wollte ein
Wort der Warnung aussprechen, aber Elero war schneller;
mit einer Kneifzange, die er aus den Tiefen seiner Taschen
gezaubert hatte, schnitt er blitzschnell ein Loch in den
Draht, groß genug, damit sie einer nach dem anderen hin-
durchkriechen konnten.

Am Wachgebäude angekommen pressten sie sich flach an
die Wand; Raelia spähte vorsichtig durch das Fenster: es
war absolut niemand zu sehen.

Von hier aus waren es nur wenige Meter bis zu einer Stahltür mit einem Schiebemechanismus.

Raelia kannte diesen Teil des Traktes aus ihrer früheren Tätigkeit in der Organisation der Weltordnung; der Nebeneingang war mit dem zentralen Alarmsystem verbunden.
Als sie den Kopf wieder senkte, sprach Laerodah genau das an:
„Aber hier muss es doch irgendeine Art Alarm geben?"
„Theoretisch ja.", antwortete sie leise, „aber ich wette mit dir, dass die Wachen den Alarm selbst abgeschaltet haben. Der geht erstmal bei jedem los, der hier rein- und rausgeht und hört erst dann auf, wenn man einen Code am Panel hinter der Wache eingibt. Aber viele haben den Code falsch eingegeben oder vergessen, sodass es oft lange dauerte, bis man den Alarm deaktivieren konnte. Deswegen haben die Wachen hier nach und nach darauf verzichtet, den Alarm überhaupt erst zu aktivieren. Und ich bin sicher, dass er im Moment auch ausgeschaltet ist."

Während sie das sagte, gab es auf einmal ein kreischendes Geräusch; Elero hatte ein Brecheisen aus seinem Rucksack gezogen und mit einem Ruck die Tür aufgehebelt.
Scheinbar bisher unbemerkt betraten die drei das Gebäude.
Hinter der Eingangstür ging rechts der Eingang zur Wachstube ab; dahinter erstreckte sich ein langer, spärlich

beleuchteter Gang, der sich nach einigen Schritten weiter verzweigte.

Die Wände waren nicht beschriftet, die Türen nicht nummeriert; offenbar hatte man nicht damit gerechnet, dass hier jemand Zutritt bekam, der sich nicht im Gebäude auskennen würde.

Raelia ging voran; sie war in diesem Teil der Anlage vorher nie gewesen, hatte aber den Grundriss, den Meldor ihr gegeben hatte, in den letzten Tagen intensiv studiert. Elero und Laerodah vertrauten ihr in dieser Hinsicht voll und ganz; sie hatten keine andere Wahl.

Laerodah konzentrierte sich auf seine Umgebung und jeder einzelne seiner Sinne war bis aufs Höchste angespannt.

Er folgte Raelia auf Schritt und Tritt und horchte gleichzeitig in sich hinein, um die Verbindung zu Zeroth aufrecht zu erhalten.

Nach zwei Biegungen fanden sie den Durchgang zum Treppenhaus, betraten es und stiegen bis zur letzten Etage hinab.

Dort ging eine Tür vom Treppenhaus ab; unter dem Türschlitz hindurch konnten sie erkennen, dass der Gang dahinter beleuchtet war.

Raelia war jedoch darauf vorbereitet; sie holte eine kleine handtellergroße, verspiegelte Metallplatte hervor, die sie ganz vorsichtig unter den Türschlitz schob.

Durch die Spiegelung des Raums konnte sie erkennen, dass sich in dem Gang zwar erleuchtete Lampen, aber keine Wachposten befanden.

Kurz atmeten alle drei erleichtert tief durch, als die Anspannung von ihnen abfiel.

Ohne das geringste Geräusch zu verursachen, öffnete Raelia vorsichtig die Tür.

Fast auf Zehenspitzen schlichen sie den Gang entlang, bis dieser um eine Ecke bog.

Hier benutzte Raelia wieder den Spiegel, um unauffällig den weiteren Weg einsehen zu können.

Nun aber sah sie ganz deutlich zwei Wachen vor einer Doppeltür stehen, auf die der Gang zulief.

Sie gab den anderen ein Handzeichen, dass sie sich leise zurückbewegen sollten.

Erst als sie wieder im Treppenhaus waren, wagte, Raelia so leise wie möglich zu sagen:

„Da stehen zwei Wachen vor der nächsten Tür. Wenn ich den Grundriss richtig in Erinnerung habe, ist dahinter ein großer Raum mit mehreren Säulen und auf der Rückseite einem Zugang vom Haupttor aus. Wenn sogar auf dieser Seite Wachen stehen, wäre es möglich, dass die Artefakte dort drin sind."

Elero sagte:

„Gut. Also weiter nach Plan? Ich lenke sie ab und ihr versucht, reinzukommen?"

„Ich hoffe, du bist schnell genug." antwortete Raelia, „Der erste Raum auf der linken Seite hinter uns ist leer; ich hab vorhin kurz reinschauen können. Es brannte dort kein Licht und die Tür konnte ich bereits einen Spalt weit öffnen. Laerodah und ich verstecken uns in diesen Raum bis du hoffentlich Erfolg mit deinem Ablenkungsmanöver hast. Dann müssen wir schnell sein.

Laerodah schluckte den Kloß in seinem Hals hinunter, aber nickte zur Bestätigung dass er alles verstanden hatte.

" Was wird mit Elero?! Wie sollen wir alle zusammen wieder rauskommen?", fragte er.

Raelia lächelte; typisch Laerodah: immer erst an andere denken, nie an sich selbst.

Mit leiser, beruhigender Stimme sagte sie:

„Keine Sorge. Während wir die Artefakte holen, hat Elero genug Zeit die Wachen abzuhängen und vor ihnen wieder an der Tür zu sein. Er hat den Grundriss genauso gut studiert wie ich und er ist ein Genie, wenn es darum geht, sich irgendwo zurechtzufinden."

Sie lächelte Laerodah aufmunternd an.

Und trotz all seiner Bedenken schaffte er es, zurückzulächeln.

Ohne das kleinste Geräusch zu verursachen, betraten sie den Gang. Wie geplant steuerten sie das erste Zimmer an. Raelia und Laerodah traten ein und schlossen leise die Tür; Elero lief weiter bis zur Ecke, hielt einen kurzen Moment inne, atmete noch einmal durch und sprach sich Mut zu.

Doch gerade in dem Moment, als er um die Ecke springen und die Aufmerksamkeit auf sich ziehen wollte, ertönte ein Warnsignal aus den Lautsprechern an der Decke. Auf den durchdringenden Alarmton folgte eine Durchsage:
„Dringende Aufforderung!
Alle verfügbaren Wachen umgehend zum Haupteingang!
Ich wiederhole:
Alle verfübaren Wachen umgehend zum Haupteingang!"
Elero erstarrte vor Schreck, er wusste nicht, was auf einmal vor sich ging.
Doch riss er sich schnell wieder aus seiner Starre, nur um nach ein paar Schritten erneut innezuhalten: die Wachen standen trotz der Durchsage immer noch auf ihrem Posten.
Er kauerte sich an der Ecke der Wand, die zu der bewachten Tür führte, nieder und konnte hören wie einer der beiden Wächter über ein Funkgerät versuchte, die Lage zu erkunden, er verstand aber nur Bruchstücke des Gesprächs:
„Das Gebäude… in Flammen! … Es sind unzählige!...

Wir brauchen hier oben jeden … !"

Bei den letzten Worten fuhr es Elero eiskalt den Rücken hinunter und er wagte nicht, sich zu rühren.
Würden diese beiden Wachen dem Aufruf Folge leisten? Oder hatten sie besondere Befehle, diese Tür auf gar keinen Fall zu verlassen?
Er hörte, wie die beiden aufgeregt miteinander flüsterten. Er verstand nur Wortfetzen, aber meinte hören zu können, dass die beiden Zweifel hegten, was sie nun als Nächstes tun sollten.

Sekunden verstrichen. Eleros Gelenke begannen von der zusammengekauerten Körperhaltung zu schmerzen, aber er wagte nicht die kleinste Bewegung.

Schließlich gewann er mehr und mehr den Eindruck, dass die beiden der Aufforderung aus dem Lautsprecher, die mittlerweile aufgehört hatte, nicht Folge leisten würden. Ihr Getuschel hatte aufgehört und sie bewegten sich keinen Millimeter. Ja, dachte Elero, das ist der Beweis: das hinter den beiden muss der richtige Raum sein…

Langsam richtete er sich auf, drehte sich um und schlich den Gang entlang wieder zurück in die Richtung, aus der er ursprünglich gekommen war, griff auf dem Weg nach jeder Türklinke, die er erreichen konnte, und hoffte inständig, eine nicht verschlossene Tür zu finden.

Bei der dritten hatte er Glück, schlüpfte in das dahinterliegende Zimmer und zog die Tür hinter sich mit einem lauten Knall zu.

Gedämpft hörte er zwei Personen laut durcheinandersprechen und schwere Stiefel vorbei- und den Gang hinunterrennen.

Als er sich sicher war, nichts mehr zu hören, öffnete er wieder die Tür und schaute auf den Flur.

Nichts war zu hören oder zu sehen.

Bis auf: Raelia, die fassungslos hinter der gegenüberliegenden Tür hervor starrte.

Er gab ihr ein Zeichen und sie kam mit Laerodah aus dem Raum heraus.

Leise flüsterten sie miteinander.

„Was geht hier vor?!", wollte Raelia wissen.

„Ein Brand ist irgendwo im Komplex ausgebrochen,", sagte Elero, „wie und warum, weiß ich nicht. Entweder irgendein Unfall, oder… oder Meldors ‚Maßnahmen' wirken besser, als wir dachten."

„Ist doch egal!", sagte Laerodah mit Nachdruck, „Hauptsache, der Weg ist frei."


Schnell liefen sie an die große Doppeltür, welche zu aller Erleichterung nicht verschlossen war.

Laerodah dachte noch bei sich: Komisch… aber schon hatte Elero die Tür aufgerissen und sie rannten hinein.

Im Inneren des Raums bot sich ihnen ein Anblick wie in einer Bibliothek: Vor ihnen erstreckten sich mehrere durch Säulen eingefasste Seitengänge, die von einem größeren Hauptgang rechtwinklig abzweigten.

An jeder Säule begannen riesige Regale, die die Nebengänge säumten.

Sie waren vollgepackt mit Büchern und Pergamentrollen; Laerodah stand da mit offenem Mund und geweiteten Augen. Er fragte sich, was das für eine Masse an Wissen sein musste und wieso all das ausgerechnet hier zusammen getragen worden war.

Warum Bücher bewachen…?

Er schob jedoch seine Gedanken schnell beiseite, als er sah, wie Elero versuchte, einen schweren Bohlentisch vor die Eingangstür zu schieben, um diese zu verbarrikadieren;  Laerodah ging hin und half ihm dabei.

Raelia schaute sich inzwischen im Hauptgang um.

Etwa 50 Schritte vor ihr, nach je vier Säulengängen an jeder Seite, endete der saalartige Flur in einer halbrunden Ausbuchtung, ähnlich geformt wie eine Krypta.

Dort, auf einem marmorierten Podest, in einer gläsernen Vitrine, standen mehrere Gegenstände, die ein pulsierendes, weiches Licht verströmten.

Raelia atmete tief ein: sie hatten tatsächlich ihr Ziel erreicht…


Raelia war bei diesem Anblick starr vor Ehrfurcht und erst als Laerodah dies bemerkte und sie ansprach, kam sie wieder zu sich. Auch Laerodah sah die Artefakte, gönnte sich aber keine Zeit, sie zu bewundern.

Er rief:

„Wir dürfen jetzt keine Zeit verlieren! Verstaut ihr die Artefakte. Ich werde Zeroth kontaktieren."

Und mit diesen Worten schloss er die Augen und versuchte wieder, Zeroth zu finden.

Aber es fiel ihm schwerer als die Male zuvor; eine Verbindung gelang ihm nicht.

Seine Augen öffneten sich wieder; er schaute auf seine Hände, die, wie er nun feststellen musste, unaufhörlich zitterten.

Er versuchte sich zu beruhigen, die Nerven zu behalten.

Ja, alles um sie herum war hektisch, sagte er sich.

Ja, es musste schnell gehen. Aber was würde passieren, wenn er es nicht schaffte... sie bauten auf ihn... Raelia baute auf ihn...

Dieser Gedanke gab ihm Kraft.

Noch mal schloss er seine Augen und konzentrierte sich; noch einmal flog sein Geist den Weg zurück mit der Welt unter sich. Und diesmal...

„Mein Freund! Ich bin gleich bei euch! Denk an die Atmung!" hallte es in Laerodahs Geiste.

Er hatte es geschafft; da war das vertraute Bild hinter seinen Augen und die wohltuende Gewissheit, den wichtigsten Menschen in seinem Leben nicht im Stich gelassen zu haben.

Den Rat von Zeroth befolgend konzentrierte er sich auf seine Atmung; und mit jedem Luftzug wurde er gelassener.
Ebenso, wie die Temperatur im Raum anzusteigen schien.
Der Schweiß rann ihm von Nacken und Rücken, die Luft schien zu flirren, als ob er direkt in die Mittagssonne starrte.
Doch binnen Sekunden war dieses Schauspiel vorbei. Und jemand tippte ihm sacht auf die Schulter.
Laerodah öffnete die Augen und drehte sich um.
„Gut gemacht.", sagte Zeroth jetzt direkt vor ihm stehend mit seinem vertrauten altväterlichen Lächeln.

Raelia und Elero hatten in der Zwischenzeit die Vitrine aufgebrochen und verstauten die einzelnen Artefakte.
Sie waren so beschäftigt, dass sie nicht bemerkten, dass Zeroth bei ihnen angekommen war.
Erst als Laerodah zu ihnen rief:
„Wie weit seid ihr?",
blickten sie auf und sahen den Mann, der ihre Chance auf Rettung aus diesem Gebäude in sich barg.
Endlich war die Vitrine leergeräumt.
Als die Tasche, in die sie die kostbaren stücke gepackt hatten, verschlossen war, war auch das ominöse Licht wie

ausgelöscht und der Raum wirkte grauer und trostloser als vorher.

Plötzlich zuckten alle zusammen, als ein erster dumpfer Schlag gegen die Tür zu hören war, die von dem großen Tisch verschlossen wurde.

Laute Schreie und Stiefeltritte waren davor zu hören.

Laerodah drehte sich panisch zu Raelia, die rief: „Stiller Alarm!", was im Raum unnatürlich laut nachhallte.

Laerodah hielt bereits seine Hand auf Zeroths Schulter, die anderen beiden beeilten sich, es ihm gleich zu tun.

Kaum hatten sich alle gegenseitig berührt, zögerte Zeroth nicht eine Sekunde, um sie alle zurück zu transportieren.

Wie beim letzten Mal schien sich die Luft zu verdichten und es wurde immer wärmer um sie herum.

Aber genau in diesem Moment hörten sie das Krachen von splitterndem Holz: die Wachen hatten die Tür aufgebrochen, den Tisch weggeschoben und schossen in den Raum hinein auf alles, was irgendwie nach Eindringling aussah.

Der Raum verzerrte sich vor ihren Augen, die Strahlen des Lichts, dass von der Decke strömte, verformten sich, verwoben sich ineinander, bis sich der gesamte Raum verschob.

Die ihnen am nächsten stehende Säule drehte sich um sich selbst, verformte sich… und sah im nächsten Moment wie Meldors Schreibtisch aus…

Zeroth atmete schwer und hielt sich die Hand an die Brust.

Elero keuchte ebenfalls, doch vor Entsetzen, wie Laerodah schien. Er spürte selber, wie sein Herz raste, aber schnell beruhigte sich sein Puls wieder.

Er sah Meldor an, der ihn jedoch keines Blickes würdigte, sondern rechts neben ihn in Richtung Fußboden starrte.

„Was war das eben?!", brachte er hervor, während er Meldors Blick neben sich folgte… und erschrak.

Da kniete Raelia, da sackte sie in sich zusammen, da lief Blut aus ihrer Brust auf den Beton…

Erschrocken beugte sich Laerodah über sie.

Sie brachte keinen Ton heraus und sah ungläubig an sich herab.

Zeroth drängte Laerodah beiseite und ergriff Raelias Hand.

Seine Befürchtungen bestätigten sich: unter der Hand, die sie auf die blutende Wunde presste, war ihre tiefrot gefärbte Kleidung durchlöchert: ein Einschuss…

„Wir haben alle die Schüsse gehört." begann Zeroth mit zitternder Stimme, „Ich…"

„Aber... das kann doch nicht..." setzt Laerodah verzweifelt an und rief dann: „Wir müssen sie retten!"

Elero trat an Laerodah heran und stammelte leise vor sich hin: „Eine solche Wunde...Laerodah... es, es tut mir leid."

# Kapitel 8

# Freie Welt

Verzweifelt sah Laerodah sich im Raum um, abwechselnd Zeroth und Elero hilflos anstarrend.

Er befürchte, jeden Moment zusammen zu brechen, doch da hob Raelia ihre Hand und hielt sie ihm entgegen.

Sofort begab er sich hockend neben sie und ergriff sie.

Er brachte vor Angst nicht einen Ton heraus.

Sobald ihre Hand in seiner lag, veränderte sich etwas.

Es war wie vor ein paar Tagen im Auto.

Als ob die Welt stillstand und er hinter die Zeit trat, die plötzlich keine Bedeutung mehr hatte.

Etwas ganz tief unten, jenseits alles jemals Gedachten zog ihn mit sich.

Sein Körper war starr und er blickte ins Leere; seine Lider flackerten, aber nichts davon nahm er wahr.


Er vermochte nicht sagen zu können ob er in einer Leere schwebte oder sich in einem festen Raum befand.

Es war weder hell noch dunkel. Weder laut noch leise.

Jede Kategorie, jede Art von Materie schien belanglos.

Er hätte sich umblicken können, doch er spürte:  da war nichts, wonach er sich hätte umsehen können.

Er blinzelte in die Leere hinein…

und als er die Augen wieder öffnete, stand Raelia vor ihm.

Verwirrt und erschrocken zugleich sah er in ihr Gesicht.

Sie stand einfach da. Schaute ihm entgegen. Und lächelte.

Laerodah sah sie fragend an und wollte alles auf einmal aussprechen, doch gerade als er den Mund öffnete, hörte er ganz sanft Raelias Stimme, ohne dass sich ihre Lippen bewegten:

„Es ist alles gut, Laerodah."

Sie kam auf ihn zu. Langsam, als ob sie schwebte.
Ihr Lächeln blieb, und je näher sie kam, desto näher wurde ihm, desto… richtiger fühlte sich alles an.
Noch immer verstand Laerodah nicht, was das alles zu bedeuten hatte.
Aber Raelias Stimme hatte eine Wirkung auf ihn… dieselbe, dessen wurde er sich schlagartig bewusst, wie die Melodie aus der Spieluhr, wie jene Töne, die von der Magie des Seins zu singen schienen.
Alle Angst und Anstrengung waren fort, alles wirkte leicht und selbstverständlich, solange er nur diese Melodie, nur diese Stimme hörte.
Raelia sprach weiter in sanftem Ton:
„Es ist tatsächlich so, wie Meldor es sagte: es gibt zu vieles über das Sein, dass wir nicht wissen. Laerodah, kannst du dir vorstellen, Warum es weder Arlec noch seinen Nachfolgern gelingen konnte, die Artefakte zu erneuern?"

Er versuchte zu sprechen, aber sein Hals war wie zugeschnürt.
Er schaffte es nur, seinen Kopf zu schütteln.
Daraufhin sagte sie:

„Sie alle haben nicht verstanden was das Stärkste in uns sein kann. Sie alle haben vergessen zu fühlen…"

Sie lachte leise auf, als sie sein verständnisloses Gesicht sah:
„Es ist so einfach. Wir haben uns alle so sehr auf die Artefakte verlassen. Weißt du noch, wozu sie geschaffen wurden? Nein, nicht um Kriege zu verhindern. Um Gefühle zu dämpfen; Menschen sollten nie außerstande sein, Kriege zu führen… sie sollten es nicht wollen. Niemals wieder sollten Hass und Bitterkeit so stark werden, dass sie zu Blutvergießen hätten führen können. Aber der Preis dafür war, dass ALLE Gefühle nie wieder so stark hätten werden können, solange die Artefakte existierten."

„Aber Gefühle können so kraftvoll werden, dass sie sogar das Sein, das Schicksal binden können. Verstehst du, worauf ich hinauswill?"

Laerodah überlegte einen Augenblick und mit einem Mal schien es so klar, dass er rot wurde vor Scham; wieso hatte er es nicht früher erkannt?

„Angst! Die Angst die die Menschheit in den Zeiten der großen Kriege hatte! Die Menschen hatten Angst vor ihren Gefühlen, mit ihnen umgehen zu müssen!"

Raelia nickte und lächelte:

„Deswegen gibt es die Artefakte. Sie wurden aus Angst erschaffen, und sie haben einen Preis gefordert, den alle Völker nur zu gern zahlten, solange sie noch wussten, was es bedeutet, wenn die Welt fast ausgelöscht worden wäre."

„Aber nun sieh, was aus der Menschheit geworden ist. Sie haben vergessen, was Leid ist. Haben die Artefakte vergöttert, als ob nur diese die Welt im Gleichgewicht halten könnten. Aber die Artefakte sind nur eine Brücke. Und es ist eine Lüge, zu glauben, dass nur diese Bindung des Seins die Welt retten könnte… ein Trugbild. Und der Preis, den wir alle zahlen, ist, dass unsere Gefühle nie wirklich frei sind. Dass weder du noch ich... noch irgendjemand anders in ganz Statheraé wirklich frei sein kann."

Wieder überlegte Laerodah einen Moment und sprach dann seine Gedanken aus:
„Wir sind gebunden… wie das Sein gebunden ist."

Ein weiteres Mal nickte und lächelte Raelia.
Ihre Züge hatten etwas Allwissendes; als gäbe es da einen Schleier, hinter den sie geblickt hatte.
Und Laerodah schien zu verstehen, worauf sie hinauswollte; was hier vorging.

Er sagte:

„Ich habe gesehen, was mit dir passiert ist... wie kann es sein, dass du jetzt so mit mir sprichst? Wo sind wir hier? Bist du wirklich Raelia?"

Die letzten Worte brachte er nur unter Tränen hervor; die Vorstellung, diese Frau, die schon so lange Teil seines Lebens und jetzt Ziel all seiner Wünsche war, neben sich verbluten und im nächsten Moment lächelnd vor sich zu sehen, war so unglaublich schwer, dass er verzweifelt zu schluchzen begann und nicht wusste, ob aus Wut, Erleichterung, Angst...

Sie kam noch einen weiteren Schritt auf ihn zu und legte ihre Arme um ihn.
Er spürte, dass es Raelia war.
Aber auch, dass da noch etwas Anderes war.
Und er glaubte, zu verstehen: Raelia hatte das geschafft, was so viele vor ihr erfolglos versucht und wieder andere ihr ganzes Leben lang erforscht und trainiert hatten.

Raelia hielt die Fäden des Seins, war von ihnen durchdrungen.
Je mehr er davon überzeugt war, desto deutlicher konnte er es sehen.
Die Farben, die Ströme von Licht, die durch sie hindurchflossen. Sie hatte es vollbracht.

„Es ist an der Zeit, dass der Mensch wieder frei ist.", sagte Raelia in die Stille hinein, „Er darf die Verantwortung über sich selbst nicht wieder abgeben und muss lernen was sein Handeln für Konsequenzen haben kann. Wir haben alle verlernt, Menschen zu sein."

„Und solange die Artefakte existieren und das Sein binden, sind Menschen nicht frei?" schloss Laerodah an.

Sie löste ihre Arme von ihm, trat wieder einen Schritt zurück und sagte:
„So ist es, Laerodah. Und ich habe Hoffnung. Hoffnung für alle und alles in ganz Statheraé. Und ich habe vor allem Hoffnung in dich..."; sie stockte, sah Laerodah direkt in seine Augen und er bemerkte, wie eine Träne ihre Wange hinunterrann.
Aber sie lächelte dabei; es war eine Freudenträne…

Doch noch bevor Laerodah reagieren oder auch nur den Mund öffnen konnte, verblasste ihre Gestalt, bis sie gänzlich verschwand und er nur noch von buntem, waberndem Licht umgeben war.
Laerodah sah sich um, doch war da nichts als Leere um ihn her.
Er war allein, so allein, dass es wehtat.
Und er hätte Raelia noch so viel fragen wollen, so viel, dass er schreien wollte, obwohl er wusste, dass niemand antworten würde.

Bevor ihn die Verzweiflung wie eine Lawine überrollte, fühlte er, wie etwas gleich einer unsichtbaren Hand ihn umfing und ihn aus der Leere zog…

Im nächsten Moment war er wieder in Meldors Arbeits-zimmer und stellte fest, dass er sich nicht einen Millimeter von seinem Platz bewegt hatte… und noch immer die Hand von Raelia hielt.
Die kalte, unbewegliche Hand.

Hinter ihm stand Zeroth und er legte Laerodah seine Hand auf die Schulter.
Scheinbar hatte es niemand bemerkt, dass er wie in Tran-ce verharrt war oder ob Sekunden oder Minuten verstri-chen waren; alle anderen sahen noch ebenso geschockt und niedergeschlagen aus.
Laerodah konnte aber auch nicht sagen, wie lange dies der Fall war.

Er sah auf Raelia hinab.
Ihre Atmung war kaum noch vorhanden und ihre Augen blieben geschlossen.
Ein Teil von Laerodah wollte sie retten, wollte schreien, irgendetwas unternehmen… aber gleichzeitig wusste er tief in seinem Inneren: es war zu spät.
Und es war genau das, was sie ihm zu sagen versucht hat-te.

Es war genau das, was sie wollte…

Elero wollte zu einer Frage ansetzen, aber ein Blick in Laerodahs Gesicht ließ ihn schweigen.
Und gerade noch für sein Ohr hörbar flüsterte er:
„Sie hat sich von mir Verabschiedet.", während eine Träne auf Raelias Handrücken fiel.

Die Anwesenden verstanden nicht, was er damit meinte, aber Laerodah ignorierte ihre fragenden Gesichter.
Seine ganze Aufmerksamkeit galt der Frau, die reglos auf dem Boden lag, die ihr Leben gegeben hatte.
Ein letztes Mal beugte er sich vor und küsste sie auf die Stirn. Dann spürte er, wie ihre Hand, die er immer noch so vorsichtig wie möglich festhielt, langsam immer kraftloser wurde, bis er spürte, dass da nichts mehr war…

In diesem Augenblick gab es für ihn kein Halten mehr; all seine angestauten Gefühle, die Trauer, die Wut, die Verzweiflung, seine Hilflosigkeit brachen heraus, als wäre ein Damm gesprengt worden.
Seine Tränen flossen wie seit einer Ewigkeit nicht mehr und erst jetzt wurde ihm klar, was diese Frau, die da vor ihm lag, ihm eigentlich wirklich bedeutet hatte.
Mit einem Mal schien es, als wäre Larodah von einer art Aura umgeben, die selbst für Zeroth und Elero greifbar gewesen wären.

Betrübt beobachteten die anderen Laerodahs Zusammenbruch.

Doch wagte niemand, etwas zu sagen.

Denn sie verstanden zum einen mehr als gut, was in dem jungen Mann gerade vorging, und ließen ihm Raum für seinen Schmerz.

Und… dann war da noch dieses Licht, das sie zurückhielt…

Denn auf einmal waren er und Raelias Körper von einem faserigen, wabernden Licht in allen Farben des Regenbogens umgeben, dass sie durchfloss, durch sie hindurch zu schweben schien, als wären sie beide da und doch wieder nicht.

Vor Schreck ließ Elero die Tasche mit den Artefakten fallen. Dabei öffnete diese sich und zwei der Objekte fielen heraus.

Elero schenkte dem keine Beachtung, zu sehr war er von dem Schauspiel vor seinen Augen gebannt.

Aber Zeroth sah die Tasche an und bemerkte, dass die Artefakte in genau demselben Licht zu leuchten begonnen hatten.

Und es schien ihm, als würden sie immer heller, je mehr sich Laerodah seinen Emotionen hingab und alles hinausschrie, was in ihm angestaut worden war.

Immer heller wurden sie, immer heller wurden Laerodah und Raelia, immer schneller tanzten, wirbelten und pulsierten die Fäden des Lichts, bis…

Bis die Artefakte verschwunden waren und ein schluchzender Laerodah vor einem leblosen Körper hockte, in einem Zimmer, in dem alles wieder genauso zu sein schien wie vorher…

# Epilog

Ein halbes Jahr später stand Laerodah mitten auf einer Wiese voller Blumen in allen Farben der Welt.

Er sah in einen wolkenlosen Himmel und spürte den ersten Hauch des Frühlings auf der Haut.
Still genoss er den ersten warmen Wind und öffnete nach ein paar endlos scheinenden Sekunden die Augen.
Und sah auf den riesigen, uralten Baum, der inmitten des saftigen Grases emporragte.
Wie von einem inneren Drang getrieben, ging er langsam auf den Baum zu.
Ein Vogel, der irgendwo unsichtbar auf einem der Äste saß, sang eine zarte Melodie und Laerodah glaubte, sie zu verstehen.
Es war ein Dank in den schönsten Tönen, die er sich vorstellen konnte.
Still lächelte er in sich hinein und formte in seinem Kopf eine Erwiderung, die der Vogel nie verstehen würde, und die doch für ihn bestimmt war.

Laerodah trat einen Schritt näher an den Baum.
Mit seinen Händen hielt er einen Strauß Blumen.
Er beugte sich hinunter zu einer dicken Wurzel, der er am nächsten stand.
Reglos verharrte er einige Momente an dieser Stelle, verloren in Gedanken und Erinnerungen.
Bis jemand aus der Ferne freundlich fordernd seinen Namen rief.

Der Vogel verstummte; vielleicht flog er davon.
Laerodah wandte sich nicht nach dem Rufer um.
Er wusste, dass es Elero war und dass es Zeit war, von
hier fortzugehen.

Denn die anderen: Meldor, Jahrsoh,Glenar und Zeroth
warteten bereits; es sollte ein Abend werden, an dem sie
zurückdachten.
An alles, was passiert, an alles, was geschafft und erreicht
war. Und an alle, die gegangen waren.
Laerodah blickte noch einmal zum Stamm des Baumes
und legte die Blumen nieder.
Kurz neigte er seinen Kopf wie zu einem letzten Gruß
und es war, als ob einer der Äste, vom Wind bewegt, ihm
zuwinkte, bevor er sich losriss, aufstand und zu seinen
Freunden ging.

# _ENDE_

# <u>Danksagung</u>

*... fast vier lange Jahre sind vergangen seit ich mit diesem Projekt begonnen habe...*

*Ich habe nicht damit gerechnet, wie sich das ganze entwickeln wird und vorallem habe ich nicht mit so viel Unterstützung gerechnet.*

*Daher an dieser Stelle unendlichen Dank an:*

*<u>Kathi und Lea</u>*

*für die grundlegende technische Möglichkeit zu schreiben.*

*<u>René und Markus</u>*

*Für Inspiration, Motivation, und den ein oder anderen Schubs in die richtige Richtung.*

*<u>Timme und Anja</u>*

*Für gute Nerven, Testlesen und vielen Gesprächen mit äußerster Geduld.*

*Und natürlich auch ganz lieben Dank, allen Anderen die mich bei diesem Projekt in jeglicher Weise unterstützt und ermutigt haben.*

## Michael Kanitz
### geb: 06.August 1990

Mit persönlichen Bezug schrieb der Magdeburger Autor im Jahr 2014 sein erstes Buch "Realitätsverschiebung".

Durch das gewonnene Interesse, begann er im November 2019 den Fantasy-Zweiteiler "Die Artefakte des Seins" zu erschaffen, welchen er 2023 fertig stellte.

Mit der dadurch erlangten Erfahrung arbeitet Michael Kanitz noch an weiteren Projekten.

Sommer 2008.
Eigentlich führte Michael ein ganz normales Leben: Er stand kurz vor der Volljährigkeit, hatte Glück in der Liebe, Erfolg mit der Band und verbrachte die Sommerabende mit allen Annehmlichkeiten, die für Jugendliche eben verlockend sind.

Doch dann passierte es, plötzlich geriet sein Leben aus der Bahn.

Michael lebte in seiner eigenen Welt und verstand nicht mehr, was um ihn herum geschieht, dachte, er wäre ein Gesuchter und die ganze Stadt führt Krieg.

Was war nur los!?

Am Ende des Sommers und einen Krankenhausaufenthalt später, wusste er bescheid: Es war sein Gehirn, dass ihm einen üblen Streich spielen wollte. Doch war es wirklich alles nur Hirnchemie oder steckt in der ganzen Geschichte auch ein Funken Realität!?

...Um die Wahrheit zu sehen, musst du das Trugbild bezwingen...

Ob es Zufall war oder Schicksal das spielt für Laerodah keine Rolle.

Denn für ihn stand fest, dass mit der Welt etwas nicht stimmte.

Seinem Gefühl gefolgt, verlief sein Weg heraus aus dem Trugbild, welches die Welt von Statheraé umgibt.

Mit Gefahren verbunden geht er der Geschichte nach, bis er begreift, was getan werden muss.

...Denn um die Zukunft zu sehen, muss man in der Gegenwart, die Vergangenheit verstehen...

Bibliografische Informationen der Deutschen Nationalbibliothek: Die
Deutsche Nationalbibliothek verzeichnet diese Publikation in der
Deutschen Nationalbibliografie; detaillierte bibliografische Daten
sind im Internet über dnb.dnb.de abrufbar.

Herstellung und Verlag: BoD - Books on Demand, Norderstedt

ISBN: 9783751980579